Ein Sommer voller Küsse

von Carolin Haaks

Ein Sommer voller Küsse

von Carolin Haaks

Impressum:

Bibliografische Information der Deutschen Nationalbibliothek:
Die Deutsche Nationalbibliothek verzeichnet diese Publikation
in der Deutschen Nationalbibliografie; detaillierte bibliografische Daten sind im Internet über dnb.dnb.de abrufbar.

Herstellung und Verlag:
BoD – Books on Demand, Norderstedt

ISBN: 978-3-7519-5517-1

Es war ein herrlicher Montagvormittag. Nicht gerade der wärmste Tag, aber dafür sonnig und trocken.

An diesem Montag fing mein Sommerurlaub an und ich übernachtete bei meinen Pflegeeltern Nadja und Bert. Man muss wissen, dass ich meine leiblichen Eltern bei einem Autounfall verloren hatte. Bei diesem Unfall wurde auch ich stark verletzt. So genau konnte ich mich nicht mehr daran erinnern, denn ich war erst fünf Jahre alt, als es passierte.

Hinterher hatte man mir immer wieder gesagt, dass ich meine Beine oft bewegen müsste. Denn diese wurden bei dem Unfall eingeklemmt und ich musste ein regelmäßiges, strenges Training absolvieren. Deshalb hatte ich mir angewöhnt, möglichst jeden Tag zu joggen, Leichtathletik zu machen oder zu skaten.

Während ich meine Laufsachen anzog, hörte ich meine Pflegeeltern lautstark diskutieren. Das ging schon seit Längerem so. Irgendwann würde es noch dazu kommen, dass sie sich trennten, befürchtete ich. Als ich die Treppe hinunterhüpfte und so tat als wäre nichts, knallte eine Tür zu. Ich lief mit meinen Turnschuhen in der Hand nach draußen. Dort schlüpfte ich in diese hinein und joggte davon. Jedes Mal dasselbe. Dieselben Themen, dieselben Vorwürfe, alles dasselbe.

Ich joggte die Straße entlang in Richtung Wald. Meist nahm ich den gleichen Weg, denn Nadja machte sich sonst viel zu viele Sorgen. So wusste sie zumindest, wo ich entlang lief. Ich joggte weiter den Waldweg entlang Richtung „Rentnerhütte". Warum diese so hieß, weiß ich bis heute nicht. Während ich in meine Gedanken vertieft war und nur an eine gleichmäßige Atmung dachte, hörte ich plötzlich eine Art Hilferuf und ein fürchterliches, hässliches Gebell von einem Kampfhund. Ich kannte mich ein wenig mit Hunden aus. Daher wusste ich das so genau.

Als ich dem Hund und der Person näher kam, erkannte ich wie Eric, mein ehemaliger Klassenkamerad und Nachbar, mit dem Hund regelrecht kämpfte. Er war für mich früher immer ein guter Freund gewesen. Ich war ja nicht weit weggezogen, sondern nur nach Karlsruhe und nun war ich bei meinen Eltern zu Besuch. Wenigstens hätte er den Kontakt halten können.

Sein Fahrrad lag im Gebüsch. Der Hund schnappte nach dem Schienbein von Eric und biss richtig fies zu. Eric schrie auf und erst dann reagierte ich. Mit einem dicken langen Stock schlug ich um mich und verscheuchte die Bestie. Währenddessen hatte sich Eric schon auf eine daneben stehende Bank gequält und saß dort nun mit zusammengebissenen Zähnen. Langsam legte er sich hin und hielt mit seinen Händen seinen Oberschenkel. Nachdem ich mir sicher war, dass der gemeingefährliche Hund nicht mehr wiederkommen würde, spurtete ich zu Eric hinüber, setzte mich zu ihm und legte seinen Kopf auf meinen Schoß. Danach ging alles ganz schnell. Ich war wie ferngesteuert:

Erst rief ich mit seinem Handy die Rettungssanitäter und dann seine Mutter an, stoppte Erics Blutung mit meinem Halstuch und versuchte anschließend ihn wachzuhalten. Als er seine Augen schloss, bekam ich etwas Panik.

„Eric, du musst wach bleiben. Bitte! Es ist zu früh, um zu sterben. Die Sanitäter kommen jeden Moment."

Ich flehte ihn an und mir liefen schon die ersten Tränen die Wangen hinunter, denn wer hat es schon gerne, wenn jemand in seinen Armen stirbt. Keiner!

Seit der 7. Klasse auf dem Gymnasium war ich in Eric verknallt gewesen, bis er plötzlich „wie vom Erdboden verschluckt" war und keiner ihn mehr gesehen hatte.

„Bitte halte durch!", flehte ich ihn erneut an.

Die Wunde sah wirklich übel aus. Nach einer gefühlten Ewigkeit kam endlich der Krankenwagen. Die Sanitäter meinten, dass es schlimmer aussähe als es in Wirklichkeit wäre. Sie untersuchten und verbanden die Wunde gründlich, damit sie sich nicht entzünden würde. Die Rettungskräfte verfrachteten Eric in den Rettungswagen und ich bat sie, mich mitfahren zu lassen. Da ich ihn quasi gerettet hatte und nach deren Glauben seine Freundin war, durfte ich einsteigen.

Wir trafen uns nach so langer Zeit wieder und das bei einem Hundeangriff. Tolles Timing!

Ich konnte ihn erst nach der Einlieferung ins Krankenhaus und der ärztlichen Behandlung, die sofort gemacht wurde, sprechen. Vorher sagte mir der Arzt noch:

„Ihr Freund hat alles sehr gut überstanden. Da hatte er noch einmal Glück im Unglück. Sie können nun zu ihm. Jedoch kann es gut möglich sein, dass er noch schläft. Denn ich habe ihm ein Schmerzmittel gegeben. Er kann auch schon morgen nach Hause. Seine Wunde ist soweit in Ordnung. Er muss nur noch einmal zur Kontrolle kommen. Das kann aber auch beim Hausarzt erfolgen. Zuhause soll er sich bitte erholen. Wichtig ist vor allem, dass er sich schont. Denn mit so einer Verletzung ist nicht zu spaßen. Sagen Sie ihm das, bitte."

Man hatte der Arzt vielleicht Nerven! Die sind doch alle gleich: Verordnen uns so viel und dabei wissen sie es auch nicht viel besser als wir selbst. Er hörte und hörte einfach nicht auf zu reden. Er sprach ohne Punkt und Komma weiter. Vor allem mit Fremdwörtern, die ich nicht zuordnen konnte.

Zum Abschluss seines Vortrages fragte ich ihn, ob ich nun zu Eric könnte. „Aber sicher, das hatte ich Ihnen doch schon gesagt."

Da war ich nun in Erics kahl-weißem Krankenhauszimmer. Er lag mit einem dicken Verband so hilflos auf dem Bett und hatte noch seine Augen geschlossen. Die blau-weiß karierte Bettdecke hatte er nur bis zum Bauch hochgezogen und ließ dabei sein verletztes Bein herausgucken. Das Fenster war auf Kipp, sodass ein minimaler Windstoß hinein wehte. Als ich näher trat und mich auf die Bettkante setzte, schlug er langsam seine Augen auf. Ich nahm seine Hand und hielt diese mit meinen beiden Händen fest. Mich schmerzte es innerlich, wie sehr Eric verletzt war. Dieses Vieh hatte jede Menge an Kratzspuren an Erics Armen, und wer weiß wo sonst noch, hinterlassen. Sein Bein tat ihm sicherlich sehr weh.

„Gut, dass dir nichts Schlimmeres passiert ist, obwohl das ja schon schlimm genug ist. Die Wunde ist zum Glück nicht all zu groß. Der Arzt sagt, wenn du willst, kannst du morgen schon wieder nach Hause gehen. Er hat auch nicht mehr gemacht als ich vorhin."

Er legte seine Hand nun auf meine und wir sahen uns an. Dabei lächelte er mich an und vor lauter Verwirrtheit zog ich sicherheitshalber meine Hand vorsichtig zurück.

„Lena, du weißt doch, dass ich hart im Nehmen bin. Du machst dir nur unnötige Sorgen. Außerdem ist doch jetzt wieder alles in Butter!"

Wenn er meinte ... okay. Keiner von uns sagte ein Wort oder rührte sich.

Plötzlich kamen seine Eltern in das Krankenzimmer. Erics Mutter Gudrun kam gleich auf ihn zu gerannt, während ich mich schnell an die Wand stellte. Voller Sorge fragte sie ihn: „Was ist denn mit dir passiert? Was sagt der Arzt denn? Du kommst bestimmt wieder auf die Beine. Morgen ist doch das Turnier. Da kannst du wahrscheinlich nicht daran teilnehmen, oder?"

Sein Vater Thomas reagierte locker und entspannt. Er meinte nur: „Da muss jeder mal durch! Stimmt´s Großer? Sieh das doch nicht immer so schwarz, Gudrun." Er klopfte ihm auf die Schulter und Eric versuchte etwas zu lächeln, obwohl ihm seine Schulter augenscheinlich sehr viel Schmerzen bereitete. Von seiner Mutter kamen nur bemitleidende Worte: „Sein Bein sieht ja furchtbar aus und guck dir mal die ganzen Kratzer an."

Nach diesem Satz verdrehte Eric unübersehbar die Augen. Nun hatten seine Eltern auch mich entdeckt und Gudrun kam auf mich zu. Sie legte ihren Arm um mich und entschuldigte sich: „Ah, Lena entschuldige. Ich habe dich gar nicht gesehen. Wieso bist du denn hier?" Da ich nicht wirklich gerne sagen wollte, dass ich ihren Sohn gerettet hatte, sah ich Eric fragend an. Er wusste genau wie ich, dass ihn sein Vater dann für ein Weichei halten würde. Doch er erzählte, was tatsächlich passiert war. Also die Wahrheit. Denn er konnte schon immer schlecht lügen. Das fand ich gut von ihm. Ich ging zur Tür und erklärte seinen Eltern, dass ich noch was zu erledigen hätte. Obwohl ich nichts vorhatte, hatte ich das Gefühl, überflüssig zu sein. Denn ich fand schon immer, dass sich seine Mutter viel zu viel um ihn sorgte und das nervte mich irgendwie.

Es würde mich schon ein bisschen interessieren, was Eric nun machte und ob er noch zuhause bei seinen Eltern wohnte oder nicht. Naja, nicht wirklich ... Denn schließlich hatte er auch immer wieder andere Schüler gehänselt – auch Freunde von mir ...

Eric ergriff nun schlagartig das Wort und dies mit einer bestimmten, flehenden Stimme: „Lena, bitte bleib!"

Mehr sagte er nicht, sondern sah mich nur an. Seiner dringenden Bitte kam ich etwas verblüfft nach und setzte mich auf den Stuhl neben seinem Bett. Nun bat er seine Eltern nach Hause zu gehen. Denn schließlich konnten sie auch nicht viel machen. Als seine Eltern aus dem Raum verschwanden, nahm Eric ohne mit der Wimper zu zucken meine Hand in seine.

„Wie geht´s dir jetzt eigentlich?", fragte ich ihn nach einer kurzen Zeit.

„Besser. Doch mir tut alles noch so höllisch weh. Und dir? Lange nicht mehr gesehen!" Eric zwinkerte mir zu und lächelte.

„Mir ging es nicht so gut, als ich dich da retten musste." Ich blieb ernst.

„Dir muss es nicht schlecht gehen wegen mir. Du weißt doch, dass ich mich schon immer gern verletzt habe. Doch mit deiner Hilfe hab´ ich es jedes Mal geschafft, wieder auf die Beine zu kommen und das ist mein voller Ernst. Lach mal wieder. Mit einem Lachen im Gesicht siehst du viel schöner und vor allem süßer aus!", sagte er und strich mir über die Wange. „Eric damit sollte man keine Späße machen. Das war echt knapp!"

Nach einer kurzen Pause meinte ich dann: „Du bist und bleibst unmöglich!"

„Du hast mir echt gefehlt, Lena! Dass du mich vor noch mehr Schmerzen bewahrt hast, dafür bin ich dir echt dankbar! Danke!" ... dieser Scherzkeks – wie immer halt ...

„Wir haben uns endlich wieder getroffen und das war eine weitere Rettung. Weißt du, wir kennen uns schon so ewig und seitdem wir uns das erste Mal sahen, bist du mir ein Rätsel. Du bist meine beste Freundin und momentan auch meine einzige. Es tut mir leid, aber ich muss dir endlich etwas beichten: Du bist für mich echt wichtig. Ja, ich weiß, dass ich mir einen günstigeren Moment hätte aussuchen sollen."

Nun war es raus. Er konnte es nicht mehr zurücknehmen. Man sah es ihm an, dass er auf meine Reaktion sehr gespannt war. Denn normalerweise sagte Eric nie etwas so Ernstes zu mir. Irgendwie hatte ich das Gefühl, dass er es ehrlich meinte. Außerdem, was konnte schon passieren? Er sah nun mit seinen hellbraunen Augen in meine.

„Na, sieh mal einer an. Du bist doch sonst nicht so ernst, Eric. Seit wann traust du dich, irgendeiner Frau so etwas zu sagen? Das hätte ich echt nicht gedacht. Du hast dich etwas verändert, aber bist immer noch humorvoll, immer für einen Spaß zu haben und ein echter Frauenschwarm."

Wie bitte? Was hatte ich gerade da von mir gegeben? Hatte ich tatsächlich gesagt, dass er viele gute Eigenschaften besaß und hatte ihm dabei Komplimente gemacht? Oh je, nicht gut! Hoffentlich verstand er das jetzt nicht falsch!

Eric setzte sich aufrecht hin und strich mir eine Haarsträhne aus dem Gesicht. Es war total verrückt und auch schön, dass er mich mochte.

Aber was empfand er wirklich für mich? Etwa mehr als nur Freundschaft? Das wäre überhaupt nicht gut! Denn wenn ich mich recht entsinne, war er in der Schule (Grundschule und auch noch auf dem Gymnasium) immer gern in meiner Nähe gewesen. Eric mag ein gutaussehender Typ sein, aber nicht „mein Typ".

Er war schon immer ein guter Freund gewesen. Deshalb klärte ich die Sache lieber schnell auf, bevor noch irgendwie Missverständnisse auftauchten. Doch da war es schon zu spät!

„Lena, ich denk schon länger darüber nach, wie ich es dir sagen soll! Du bist eine so wunderschöne Frau, die sich nichts gefallen lässt und immer nur Gutes will, die die Welt verändern will und jedem Schwachen hilft. Ich liebe dich, Lena!"

Eric legte eine kurze Pause ein und ich sah ihn verwundert und mit großen Augen an.

„Lena, dank dir und deiner hilfsbereiten Art hast du es immer geschafft, dass ich schnell wieder gesund wurde. Du hast mich dann besucht, mir die Schulunterlagen vorbei gebracht und mir dabei geholfen, diese durchzuarbeiten. Es ist immer wieder beeindruckend, wie viel du für mich tust und schon getan hast. Du hast mir wirklich sehr gefehlt!" Ich war verwirrt und starrte ihn ungläubig an.

„Rede mit mir Klartext!"

„Ich möchte mit dir zusammen sein. Nur mit dir!"

Ich wusste nicht, ob ich lachen oder weinen sollte. Ich mochte ihn schon – als Kumpel. Aber lieben könnte ich ihn nicht. Sicherlich nicht. Doch wie sollte ich Eric das beibringen, ohne dass er gekränkt war? Als er meinem Gesicht immer näher kam und mich küsste, wusste ich innerlich, weglaufen ist nicht die beste Methode. Ich zog nur meinen Kopf weg. Denn es war nicht richtig, ihn in dem Glauben zu lassen, dass es mir genauso ging wie ihm. Irgendwie fühlte ich mich zwar geehrt, aber irgendwie auch mies. Wenn du diese Person nicht liebst aber sie dich, ist es nicht richtig. Eric musste sich wohl schämen, da er rot im Gesicht wurde. Irritiert fragte er mich:

„Was ist denn los? Ich dachte, du liebst mich auch."

Ich schüttelte den Kopf und überlegte, wie ich es formulieren sollte.

„Ich möchte dich echt nicht kränken, aber ich empfinde nicht dasselbe für dich wie du für mich!" Eric konnte es anscheinend nicht glauben, was da gerade geschah und nickte daher nur. Er sah traurig und enttäuscht aus. War vorherzusehen. Dennoch zwang er sich zu lächeln.

Als eine Krankenschwester ins Zimmer kam und sagte, dass gleich ein weiterer Patient in dieses Krankenzimmer kommen würde, war ich etwas erleichtert, da ich nun nicht mehr mit Eric über das heikle Thema Liebe sprechen musste.

2. Kapitel

Kurze Zeit später ging die Tür erneut auf und ein junger, gutaussehender Mann mit einem Gips am linken Bein kam mit der Schwester herein. Anschließend bat eine andere Schwester Eric mit ihr zu kommen, um ein MRT zu machen. So saß ich auf dem Bett, grübelte und wartete.

Ich hatte Eric richtig gekränkt und nun war er deprimiert und am Boden zerstört. Sein Ego war im tiefsten Keller. Echt toll hingekriegt, Lena! Schließlich war er doch ein guter Mensch.

Der junge Mann auf der anderen Seite der Betten setzte sich vorsichtig auf und drehte sich mit seinem Kopf in meine Richtung.

„Hi, mein Name ist Sebastian, kurz Basti. Und deiner? Wenn ich fragen darf?" Meine Augen blickten zu ihm hinüber und ich antwortete nur:

„Lena." Sebastian lächelte mich charmant und irgendwie auch sympathisch an. Bei seinem Lächeln konnte ich gar nicht anders als zurück zu lächeln. „Lena, hübscher Name." Nach einer längeren Pause: „Warum ist die Lena an einem so schönen Tag so traurig?" Oh Mann, sah man mir es so sehr an, dass ich mich schuldig fühlte? Mich schuldig fühlte, dass ich Eric einen Korb gegeben hatte? Anscheinend!

„Schwer zu erklären!"

„Ich hab Zeit! Denn schließlich muss ich noch ein paar Stunden hier in diesem öden Krankenhaus verbringen ..." Wie nett er doch war. So antwortete ich auf diese Frage in Kurzform. Sebastian hörte mir aufmerksam zu und unterbrach mich auch nicht ein einziges Mal, so wie es vielleicht einige andere getan hätten. Als ich fertig war mit dem Erzählen und nicht mehr wusste, was ich noch erwähnen sollte, meinte er zu mir: „Wenn dieser Eric dein Kumpel ist, dann sollte er respektieren, dass du nicht mehr als nur Freundschaft empfindest."

Warum hatte ich ihm das überhaupt erzählt? Für einen fremden Menschen ist das doch völlig uninteressant und langweilig.

Ich nickte nur und stand auf, um zu gehen. Denn wenn Eric wiederkam, wollte ich weg sein. Doch Sebastian bot mir an, ihm ein wenig Gesellschaft zu leisten, indem wir im Park vor dem Krankenhaus spazieren gingen. So blieb ich den ganzen Nachmittag bei Sebastian, auch wenn ich noch immer meine Joggingsachen anhatte. Das machte mir aber nichts aus. Basti gab mir sogar seine dünne Weste zum Überziehen, damit ich mich nicht erkältete. Obwohl mir die Jacke etwas zu groß war, zog ich sie sicherheitshalber über. Schließlich wurde mir von allen gepredigt: Gesundheit geht vor! Wo sie Recht hatten, hatten sie Recht. Wir unterhielten uns über dieses und jenes und noch vieles mehr. Wir konnten zusammen reden, lachen und vor allem Quatsch machen. Es war lustig und schön mit ihm. Hier im Park auf einer Bank zu sitzen und den Moment in der prallen Sonne zu genießen, war herrlich. Eric war höchstwahrscheinlich wieder in seinem Zimmer und hatte seine Untersuchungen schon hinter sich. Von Sebastians Bein würde erst morgen eine Röntgenaufnahme gemacht. Wir beide hatten jede Menge Spaß zusammen. Als ich so daran dachte, musste ich auch lächeln. Um 19.00 Uhr gingen wir in die Richtung des Zimmers. Davor blieb ich stehen und verabschiedete mich von Basti, da die Besuchszeit zu Ende war. Als Sebastian die Tür hinter sich mit einem Lächeln schloss, hörte ich Eric fragen:

„Hast du meine Freundin irgendwo gesehen? Eine hübsche, junge, attraktive Frau mit langen blonden Haaren im Jogginganzug?" Ich hoffte inständig, dass Basti ihm nichts von unserer Unterhaltung verriet.

„Nö! Bzw. gesehen ja, aber sie ist nach kurzer Zeit gegangen", meinte er und ging ohne ein weiteres Wort zu seinem

Bett hinüber. Ich kehrte dem Krankenhaus den Rücken zu und lief nach Hause.

Zuhause merkte ich, dass Nadja und Bert nicht da waren. Deshalb duschte ich erst einmal und aß danach allein zu Abend. Na ja, nicht ganz allein. Denn schließlich war ja noch Fiffie da. Das war Nadjas Katze. Wie sie auf den Namen gekommen war, weiß ich immer noch nicht. Anschließend setzte ich mich vor den Fernseher und guckte einen Actionfilm (Men in Black). Nach dem aufregenden Film ging ich ins Bett und schlief schnell ein.

Am nächsten Morgen, um kurz vor sieben, wurde ich von einem lauten Klopfen an meiner Tür geweckt. Da ich immer abschloss, wenn ich abends ins Bett ging, konnte keiner in „mein eigenes Reich" unbefugt eintreten. Das respektierten Nadja und Bert auch. Nur an diesem Morgen war es anders. Warum auch immer. Es klopfte erneut. Nochmal und nochmal. Diesmal energischer und Bert schrie Nadja regelrecht an, dass ich schon aufstehen würde und sie mich bitte in Ruhe lassen solle. Dies tat sie dann auch, obwohl sie meinte: „Aber sonst kommt sie zu spät zum Wettkampf." Oh shit, den hatte ich ja total vergessen. Rasch zog ich mich an, schloss die Tür auf und ging in die Küche, in der die beiden Streithähne jetzt friedlich miteinander frühstückten. So als ob nichts gewesen wäre. So sind Eltern eben. Sie können nicht miteinander aber auch nicht ohne einander. Merkwürdig diese Theorie! Ich setzte mich zu ihnen und aß still und leise mein Käsebrot, dazu trank ich einen Kakao. Während ich mein Essen hinunterschlang, gab mir Nadja Tipps für den heutigen Wettkampf.

„Wenn ihr mitkämt, dann müsstet ihr mir das ganze Theater nicht vorspielen. Doch anscheinend habt ihr schon etwas anderes vor ...", dachte ich.

„Was hast du denn? Hast du deine Tage?" Typisch, Nadja! Die konnte manchmal so was von nerven.

„Lena, wir haben morgen früh um acht Uhr einen Arzttermin und müssen heute schon hinfahren, da es so weit entfernt ist. Dort sind nämlich Fachärzte. Nadja hat die Diagnose Krebs bekommen. Blutkrebs", sagte nun Bert richtig ernst. Mir blieb fast das Herz stehen.

„Du hast ...?" Ich wurde bleich im Gesicht, sah sie traurig und dennoch fragend an.

„Ja!" Während ich sie anstarrte, merkte ich nicht, wie sie immer mehr zitterte. Bert nahm sie in die Arme und drückte sie. Das brauchte sie jetzt dringender als je zuvor. Eine Umarmung. Irgendwie konnte ich nicht klar denken, reden oder gar weinen. Das konnte ich erst recht nicht. Wie ist das nur möglich? Warum bekommen das nicht die Menschen, die es verdienen, dass es ihnen schrecklich geht?

„Lena, ich weiß, dass das ziemlich viel ist, insgesamt betrachtet. Doch wenn wir zusammen halten, dann werden wir das schon schaffen."

„Das ist ungerecht. Genau dieser Krebs ist die schlimmste Art. Das wird und kann sie nicht überstehen. Das wisst ihr."

„Ja, das kann sie nicht und das wissen wir. Aber dennoch werden wir noch schöne Momente miteinander erleben. Solang das noch möglich ist. Sieh es einfach mal positiv, okay?" Ich hatte mich etwas beruhigt und lief in der Küche auf und ab. Dann sah ich erst Nadja und danach Bert an.

„Wie viel Zeit hast du noch?"

„Leider nicht mehr so lange", entgegnete Nadja.

„Wie lang noch?", fragte ich erneut und kämpfte mit den Tränen. Warum ereilte jetzt dieses Schicksal meine Familie? Warum wir? Das ist ungerecht. Erst meine leiblichen Eltern und nun Nadja. Ich verstand die Welt nicht mehr.

„Der Arzt meinte, dass es höchstens noch zwei Wochen wären, die ihr blieben", antwortete Bert für sie.

„Nur noch zwei Wochen?" Ich starrte Nadja und Bert an und war wie gelähmt. Ich konnte an nichts anderes mehr denken als daran, wieder einen geliebten Menschen zu verlieren.

„Die zwei Wochen wollen wir so schön wie möglich gestalten und zusammen nur genießen", erklärte Bert mir. Er setzte sich wieder hin und trank seinen nun kalt gewordenen Kaffee. Nadja hielt mich für einen Moment in ihren Armen, während ich sie tröstete. Dann fiel mir ein, dass ich losfahren musste, um rechtzeitig beim Wettkampf zu sein. Das sagte ich den beiden und packte so rasch ich konnte meine Sporttasche, nahm meinen Autoschlüssel und fuhr nach einer kurzen Verabschiedung ins Krankenhaus zu Eric. Ich wollte noch vor dem Wettkampf mit ihm über die Sache von gestern reden und das klären. Nach der Mitteilung über die Erkrankung meiner Mutter war ich nicht mehr ganz ich selbst. Ich war traurig und wütend. Konnte nicht klar denken, nicht lachen, nicht mal weinen. Deshalb hatte ich mir gedacht, dass etwas Sport bestimmt für ein wenig Ablenkung sorgte. Als ich vor Erics und Sebastians Zimmer stand und leise klopfte, hörte ich Stimmen von drinnen. Eine weibliche Stimme, der doofe Arzt und Eric natürlich. Aber wer die Frauenstimme war, konnte ich nicht sagen. Auf jeden Fall eine junge Frau, denn sie lachte über Erics Witze wie ein Teenager. *Echt jetzt?* Als ich nun etwas lauter klopfte, bat mich Basti herein und ich trat ein. Der Arzt machte sich auf den Weg zum nächsten Patienten und verabschiedete sich nur kurz. Als er die Tür hinter sich schloss, staunte ich nicht schlecht, wen ich da bei Eric am Bettrand sitzen sah. Amanda. Natürlich! Eric hatte mir erzählt, dass sie für eine Weile zusammen waren. Drei Jahre lang. Aber das war für mein Geschmack drei Jahre zu lang. Denn genau während der drei Jahre war unsere Freundschaft auseinander gegangen. Er hatte sich dann doch von ihr getrennt, da sie wie eine echte Klette an ihm hing und ihn zu sehr bedrängte. Seitdem hatte ich nichts mehr von ihr gehört.

Amanda lächelte so breit, dass ihre Zähne nur so blitzten. Langsam betrat ich das kahle, weiß gestrichene Krankenzimmer, indem nur zwei Betten, zwei Nachttische und zwei Stühle mit Tisch standen. Na ja, zu einem Bad war auch noch Zugang. Ich sah nun den Blumenstrauß, den Amanda Eric mitgebracht hatte und sah irgendwie enttäuscht zu Basti hinüber, der nun seinen Gameboy zur Seite legte. Es war halt irgendwie seltsam diese Frau direkt vor mir zu sehen und zu denken, dass sie mal die Freundin meines Kumpels war. Das tat schon in der Seele weh. Auch wenn ich nichts von Eric wollte. Denn schließlich hatte er mir gestern seine Liebe gestanden.

„Hi Lena! Schön, dass du vorbei gekommen bist.", sagte Eric. Seine Sporttasche, die er gestern dabei hatte, lag auf dem Bett und war, wie er, bereit, um mitgenommen zu werden. Raus aus dem grässlichen Krankenhaus. Wahrscheinlich dachte er, dass ich ihn abholen würde und nach Hause fahren würde. Doch da hatte er sich geschnitten.

„Hi!", erwiderte ich nur und ging auf Basti zu. Dieser lächelte mich an und umarmte mich herzlich. Eric blickte Sebastian finster an. Doch mich kümmerte das nicht, sondern ich fragte Basti, wie es ihm ging. Bevor er antworten konnte, quatschte Amanda dazwischen. „Sehen wir uns demnächst wieder? Wie wär´s Freitagabend?"

Sie gab ihm einen sehr zärtlichen Wangenkuss.

„Mal sehen." Er blickte kurz zu uns hinüber und fügte dann hinzu: „Das lässt sich auf jeden Fall einrichten!"

„Echt? Cool! Dann bis Freitag. Mit mir wirst du es sehr genießen. Melde dich einfach bei mir. Meine Nummer hast du ja noch. Du weißt, dass du dich immer bei mir melden kannst und ich auch immer für dich da bin. Du bist doch mein Süßer!" Amanda wurde nicht mal rot vor Peinlichkeit. Dann legte sie ihre Hand auf seinen rechten Oberschenkel, sodass es Eric unangenehm wurde. Sie versuchte mir klar zu machen, dass sie ihn immer noch sehr liebte. Wenn das auf Gegenseitigkeit beruhte, dann wollte ich mich keinesfalls einmischen oder mich dazwischen zwängen. Denn schließlich liebte ich ihn nicht. Eric sollte als ehemaliger Kumpel ruhig glücklich sein.

„Wann soll ich dich abholen? Ich kann dich so um 20 Uhr abholen, wenn du willst." Ich drehte mich kurz von den Turteltauben weg und fragte Sebastian leise, weil ich nun keinen Nerv mehr für den Wettkampf hatte: „Gehen wir wieder in den Park?" Dieser nickte nur.

Das musste ich mir nicht länger mit ansehen, wie Eric sich erneut ins Unglück stürzte. Vor allem dieses auffällige Anhimmeln und Flirten. Echt widerlich diese Amanda. Eric stand aus seinem Bett auf und kam auf mich zu. Er hielt mich vorsichtig am Arm fest und stellte sich vor mich, sodass ich nicht zur Tür gehen konnte. So blieb ich gezwungenermaßen stehen und wartete bis etwas geschah. Von meinem Gesichtsausdruck konnte man ablesen, dass ich auf keinen Fall länger hierbleiben wollte. Nicht bei dieser Tussi Amanda. Ich war enttäuscht und traurig zugleich. Er kannte mich mittlerweile gut genug, um wissen zu können, dass ich es für keine gute Idee hielt, dass er sich erneut mit ihr traf. Das war auch nicht schwer zu erraten, nachdem was ich von ihrer Beziehung mitbekommen hatte …

„Was ist denn mit dir? Ich dachte, dass du mich abholst?!"

„Da hast du eben falsch gedacht. Ich bin nur hergekommen, um Basti zu besuchen. Aber wie ich sehe, hast du jemanden gefunden, der dich abholen kann." Eric sah mich verwundert und fragend an. Dennoch lächelte er zaghaft. Als ich mich mit Sebastian auf den Weg machen wollte, setzten sich Amanda und Eric wieder aufs Bett. Eric vor Erschütterung und Amanda vor Glück, weil sie nun ihren Eric für sich hatte. Sie fasste mit ihrer Hand wieder an sein Bein, was Eric offenbar nicht all zu sehr gefiel. Er nahm ihre Hand und, nachdem er kurz in mein Gesicht geblickt hatte, meinte er zu ihr:

„Amanda, ich möchte dich jetzt wirklich nicht kränken, aber es reicht langsam. Ich habe dir schon oft gesagt, dass ich Zeit für mich brauche."

Amanda blickte nun sichtlich sauer und hasserfüllt in meine Richtung. Obwohl ich gar nichts für Erics Reaktion konnte, gab sie mir die Schuld an dem Ganzen. Anscheinend konnte sie immer noch nicht akzeptieren, dass ihre Beziehung mit Eric zu Ende war. Wir kannten uns drei schon seit der 5. Klasse und wir haben auch zusammen das Abi gemacht. Alle haben bestanden. Eric mit 1,6, Amanda mit 2,9 und ich mit 1,5. Ich hatte es Eric unter die Nase gerieben, dass ich besser abgeschnitten hatte als er. Ja, das war schon etwas fies. Aber nur so kommt man durchs Schulleben. Ich meinte das ja auch nicht so ernst.

Amanda ging zwei Schritte nach hinten und stotterte: „Bist du ... bist du etwa in ... in die Streberin verknallt? In die?"

Sie zeigte mit den Finger auf mich und sah ihn böse an.

„Möglich ist alles!", grinste Eric und provozierte Amanda damit umso mehr. Dabei blickte er mich liebevoll an. Doch ich würdigte ihn keines Blickes. Denn, dass er es zuließ, dass Amanda ihn nun anschließend rasch auf den Mund küsste, war mir nicht geheuer. Obwohl er von ihr anscheinend nichts mehr wollte, genoss er den Augenblick des Kusses richtig. Dann sagte Amanda zu mir: „Oh, was war das denn? Ein Kuss, den du von Eric nie bekommen wirst." Auf einmal schubste sie mich so heftig gegen die Wand, dass ich auf den Boden sackte. Als Amanda nun, mit Eric an der Hand und die Tasche um die Schulter, im Flur verschwand, stand ich verwirrt wieder auf. Basti fragte, ob es mir gut ginge: „Wer war bitteschön die bescheuerte Schnepfe?"

Doch statt ihm alles haarklein zu erzählen, gab ich ihm nur eine Kurzform und auch nur das Wichtigste von der Geschichte.

„Sonst alles klar?", fragte Sebastian, um sich zu vergewissern, dass mit mir allen in Ordnung war.

„Ja, schon. Ist nur etwas seltsam. Eric trifft sich mit genau der Frau, die ihn in den Wahnsinn getrieben hat. Schließlich waren die mal zusammen." Nachdem das nun geklärt war, gingen wir endlich in den Park. Doch als wir beide vor dem Haupteingang standen, kam uns plötzlich ein mir bekanntes Gesicht entgegen. Die Person blieb vor mir stehen und grinste mich an: Leon.

„Hi, na? Was geht?", fragte dieser mit blitzenden Augen.

„Hi … was machst du hier? Ach übrigens, darf ich …?", setzte ich an und zeigte auf Sebastian. Doch da winkte er ab und Basti meinte: „Hey Leon! Alles klar?"

Nun war ich richtig verwirrt, eindeutig. Woher kannte Leon denn Basti? So als ob Basti meine Gedanken lesen konnte, antwortete er: „Wir kennen uns vom Skater Park hier in Karlsruhe und da hab ich auch mein gebrochenes Bein her. Dann bist du also die Lena von der Leon so viel erzählt hat."

Okay, es wurde immer schräger. Ich sah erst zu Leon und dann zu Sebastian.

„Wir können ja zusammen in den Krankenhauspark gehen", lenkte ich ab.

„Gerne. Kommst du mit, Leon?" „Aber immer!" Leon und Basti grinsten sich gegenseitig an und gingen anschließend mit mir in den Park. Dort angekommen setzten wir uns alle erst einmal auf eine Bank und redeten über alles Mögliche. Die beiden kannten sich anscheinend schon sehr gut. Immer wenn Leons und mein Blick sich trafen, konnte ich aus einem Winkel erkennen, dass Basti Leon zuzwinkerte. Seltsam diese männlichen Gestalten!

Nach ungefähr einer Stunde meinte Sebastian, dass er sich wieder hinlegen wollte. So humpelte er zurück ins Krankenhaus und verabschiedete sich bei uns. Nachdem er ging, saßen Leon und ich eine Weile da, ohne ein Wort zu sagen. Wir lehnten uns zurück, um die Sonne zu genießen. Dabei nickte ich kurz ein und träumte so vor mir hin:

Ohne es wirklich richtig wahrzunehmen, küsste ich einen gutaussehenden Typen leidenschaftlich und sehr lange. Dabei hatte ich meine Augen geschlossen und ich genoss einfach nur den Augenblick. Er war genau der Typ, den ich mir als meinen Traummann vorgestellt hatte. Doch dann dachte ich wieder daran, dass er vielleicht jemanden Besseren verdient hatte als mich. Dann küsste er die kleine Falte an meiner Stirn und der Gedanke verschwand im Nu. Der Typ streichelte meine Wange und schlang anschließend seine Arme um meine Taille. In meinem Gesicht spürte ich die Wärme der Sonne und ich musste einfach lächeln. Ich genoss diesen Augenblick und das in vollen Zügen. Ich war glücklich.

3. Kapitel

„Lena?", ertönte eine ruhige, schöne Stimme und ich bemerkte erst nachdem ich meine Augen aufschlug, dass ich geträumt hatte.

„Willst du mit mir ein Eis essen gehen? Denn ich würde gern eins essen. Ich lade dich natürlich auch ein."

„Das nenn´ ich doch mal ein Angebot. Klar, gerne!", antwortete ich und stand prompt auf. Leon tat es mir gleich. Wir liefen in Richtung Innenstadt und unterhielten uns weiter. An der Eisdiele sah ich schon von weitem Amanda und ihre zickigen Freundinnen an einem Tisch sitzen und dachte sofort, dass der Tag ja nur noch schlimmer werden konnte. Denn schließlich war sie es gewesen, die die Freundschaft zwischen Eric und mir kaputt und mich bei ihm schlecht gemacht hatte. Was dazu geführt hatte, dass ich es als Freundin oder Kumpel von Eric mit ihr nicht mehr ausgehalten und deswegen die Freundschaft mit Eric auf Eis gelegt hatte.

Leon und ich nahmen am anderen Ende der Eisdiele Platz. Zum Glück durfte ich uns einen Tisch aussuchen. Nach einer Weile kam schon die Kellnerin bzw. die Besitzerin, die uns gar nicht erst bestellen ließ, sondern zu uns meinte, dass sie uns einen „Spezial-irgendwas" servieren würde. Da sahen wir uns an und ich wurde etwas unruhig. Womöglich dachte sie, dass wir ein Paar wären und machte uns einen Liebes-Eisbecher oder so etwas in der Art. Was soll´s! Wir waren ja schon ewig sehr gute Freunde und konnten uns schon immer alles anvertrauen.

Wie aus dem Nichts stand plötzlich Amanda mit ihrem Gefolge vor unserem Tisch und sah auf uns herab: „Jetzt haste dir einen neuen Freund geangelt, weil du Eric nicht haben konntest. Denn er gehört schließlich mir." Dabei grinste sie unverschämt und begutachtete Leon als ob er ein Kunstobjekt wäre.

„Amanda, ich mag Eric, aber nicht als Freund. Du kannst ihn liebend gern haben. Mir wurscht. Nur so ein kleiner Tipp: Er liebt dich nicht wirklich, da er mir gestern gebeichtet hat, dass er mich schon sehr lange liebt. Nur ich ihn halt nicht. Okay? Denk mal drüber nach." Nun wurde sie bleich um die Nase und machte auf dem Absatz kehrt. Ihre Genossinnen folgten ihr ohne ein Wort. Nachdem alle gegangen waren, blickte Leon überrascht zu mir und meinte: „Denen hast du´s aber gegeben. Stimmt das mit Eric?" Ich nickte nur.

Jetzt kam auch schon unser großer Eisbecher und wie vermutet war dieser für zwei (ich sag mal) Verliebte gemacht. Doch Leon und mir machte das nichts aus. Hauptsache wir bekamen unser Eis. Während wir uns Kugel für Kugel voran aßen, sah Leon immer mal wieder zu mir rüber und lächelte dabei, sodass ich grinsen musste. Nachdem der Becher leer geschlürft war, bezahlte Leon wie versprochen. Beim Hinausgehen hielt er mir die Tür auf und draußen stand auf einmal Eric mit einem Eis in der Hand. Als er mich mit Leon erblickte, sanken seine Mundwinkel blitzartig nach unten. Trotzdem kam er auf uns zu und wollte mich zur Begrüßung umarmen. Doch das ließ ich nicht zu. Ich wollte es einfach nicht. Vor allem nicht bei der Amanda Nummer. Leon merkte, dass ich mich nicht mit Eric unterhalten wollte und sagte deshalb, ohne Eric anzuschauen: „Komm Lena, du wolltest doch mit mir zum Sommerfest auf dem Marktplatz. Wir müssen uns beeilen, sonst verpassen wir alles."

„Aber Lena, du könntest mit mir einen wunderschönen Tag erleben. Nur wir zwei ...?" Eric grinste breit und nahm meine Hände mal wieder in seine. Mir lief ein kalter Schauer über den Rücken und ich konnte nicht anders als Leon erschrocken anzuschauen. Denn das, was ich bisher, seit ich Eric wieder getroffen hatte, mit ihm erlebt hatte war einfach schon zu viel. Erst das mit der Liebeserklärung, dann

Amanda und nun auch noch so was? Nein danke. Eric war ja ein echt netter Kerl und er war auch immer gut zu mir, aber die Erlebnisse mit seiner Ex-Freundin Amanda waren schon genug gewesen. Na ja, vielleicht war sie jetzt nicht mehr „Ex" und vielleicht empfindet er nun auch wieder etwas für sie. Eric umarmte mich herzlich und darauf antwortete ich nur kurz: „Das ist ja ganz nett von dir, aber ich hatte mit Leon schon ausgemacht, dass wir zusammen zum Sommerfest gehen."

Leon und ich gingen in Richtung Marktplatz. Hier war eine Bühne aufgebaut und es gab eine Imbissbude. Nach einigen Minuten waren wir angekommen und ich merkte plötzlich, dass Eric uns mit etwas Abstand gefolgt war. Als wir uns auf eine Bank vor der Bühne setzten und Leon uns jeweils eine Flasche Fanta holte, nahm Eric ohne zu zögern neben mir Platz.

„Lena, du hast eine magische Anziehungskraft und deine Art liebe ich an dir und ich liebe dich schon ziemlich lange über alles. Nur damit du es weißt, das mit Amanda ist längst vorbei, du brauchst nicht eifersüchtig zu sein. Ich habe dir angesehen, dass du es bist. Ich habe mit ihr abgeschlossen und möchte mit dir, nur wenn du es auch willst, ein neues Leben beginnen. Es mag vielleicht kindisch klingen, aber ich liebe dich so sehr." Eric sah mir verknallt in die Augen und mir wurde klar, dass ich es ihm anscheinend noch nicht deutlich genug gesagt hatte, dass ich nichts von ihm wollte. Das Ganze hatte er ja schön gesagt und dennoch konnte und wollte ich ihm nicht die gleiche Zuneigung und Liebe zurückgeben. So meinte ich zu ihm, damit es nun für alle Male geklärt war: „Eric, das hast du ja ganz schön gesagt. Ich bin auch froh, dass es dir nach dem Hundeangriff wieder richtig gut geht." Er wurde langsam rot im Gesicht und lächelte zaghaft. Nun starrte er mich erwartungsvoll an und ich blickte kurz zur Seite in Richtung Leon. Als ich ihn wieder ansah, holte ich tief Luft.

„Versteh doch bitte, dass ich nichts von dir will. Wir sind entweder nur Freunde oder nichts. Du kannst dich entscheiden." Zum Glück kam gerade Leon mit den zwei Flaschen zurück und als er uns da sitzen sah, war er höchstwahrscheinlich verwirrter denn je. Ihm ist es anscheinend nicht aufgefallen, dass Eric uns gefolgt war. Leon setzte sich zu mir und stellte dann die beiden Flaschen ab. Ich gab ihm zum Dank einen Kuss auf die Wange. Eric stand voll Wut auf und lief mit hängendem Kopf zur Straßenbahn. Nachdem er endlich gegangen war, fing auch der Auftritt meines Lieblingssängers Adel Tawil an.

Zu meinem Glück. Denn bei seiner Musik und seinen Liedern konnte ich mich entspannen. Zwischendurch blickte Leon zu mir rüber und versuchte vergeblich aus meinem Gesichtsausdruck herauszulesen, was Eric hier gewollt hatte. Leon und Eric konnten sich schon in der Schulzeit nicht leiden. Und noch schlimmer war, dass sie sich jetzt auch noch immer öfter im Skater Park über den Weg liefen. Ich genoss den Auftritt von Adel Tawil und lehnte mich an Leon, da sonst keine andere Lehne vorhanden war. Dies machte ihm anscheinend nichts aus. Denn Leon legte seinen Arm um mich, damit ich mich besser anlehnen konnte. Nach dem Auftritt tranken wir unsere Fanta aus und gaben die leeren Flaschen wieder ab. Anschließend liefen wir noch über den Marktplatz und redeten über alles Mögliche. Eric wurde Gott sei Dank kein einziges Mal erwähnt. Doch auf einmal fragte mich Leon neugierig: „Was wollte Eric eigentlich vorhin von dir, dass er uns nachlaufen musste?"

„Eric hat mir gestern gesagt, dass er mich über alles liebt und mit mir zusammen sein möchte. Denn er war von gestern auf heute im Krankenhaus und hat sich heute Morgen selbst entlassen. Ein bissiger Hund hatte ihn angefallen und ich hab ihn zufälliger Weise quasi vor dem Hund gerettet. Vorhin meinte er zu mir, dass er die Sache mit Amanda völlig abgeschlossen hätte und ich nicht eifersüchtig sein müsste. Obwohl ich das überhaupt nicht bin. Da hab ich ihm klar gemacht, dass ich nicht mehr als Freundschaft empfinde. Dann ist er beleidigt abgezischt."

Leon war verblüfft und lächelte mich dabei süß, aber irgendwie auch frech an. Ja, ich mochte Leon wirklich sehr gern. Denn er wusste auch ohne zu fragen, wie es mir ging und wann ich seinen Rat brauchte. Leon stand mir jeder Zeit zur Seite, egal wann und warum. Er war schon immer für mich da. Er war halt mein bester Freund und wird es hoffentlich auch bleiben. So einen guten Freund fand ich so schnell nicht wieder.

„Da ist wirklich nicht mehr zwischen dir und Eric?" Ich wusste, dass er nochmal nachhaken würde, da er ihn nicht leiden konnte. Ist ja auch klar, wen man von Eric in der Schule jeden Tag runter gemacht wurde und nichts dagegen unternehmen konnte. Doch ich hielt immer zu Leon auch wenn Eric zu mir hilfsbereit und nett war, konnte ich es nicht ertragen wie Leon von Eric so gedemütigt wurde.

„Da ist auf keinem Fall mehr! Leon, dich würde ich niemals anlügen. Daran wird sich auch nichts ändern. Denn keiner ist so verständnisvoll und super wie du."

Nun musste Leon grinsen und er schien beruhigt zu sein, denn ich konnte regelrecht erkennen, wie angespannt er vorher gewesen war. Nach unserem langen Spaziergang durch die Innenstadt liefen wir nun zu meiner Wohnung. Denn ich wollte heute nicht zurück zu meinen Eltern, sondern erst einmal in Ruhe über alles nachdenken. Außerdem waren meine Eltern ja gar nicht daheim, da sie zu diesem Arzttermin gefahren sind. Über Nadjas Diagnose, Erics Liebesgeständnis und Leon, den ich nach einer gefühlten Ewigkeit wiedergesehen hatte. Dennoch fühlte es sich so an als wäre es erst gestern gewesen, dass ich mit ihm gesprochen hätte. Ah, und natürlich Sebastian, den Typen, der so wahnsinnig gut aussah. Obwohl, wenn man genau hinguckte, sah Leon auch gar nicht mal so schlecht aus.

An meiner Wohnung angekommen, brachte Leon mich noch bis zur Tür und schloss sogar, hilfsbereit wie er war, die Tür für mich auf. Ich hatte fast vergessen, wie zuvorkommend er doch war. Jedenfalls ging ich in die Wohnung und zog meine Weste aus. Er kam mir zögernd hinterher und nahm auf einem der Küchenstühle Platz, als ich ihn zum Setzen aufforderte. Ich goss ihm und mir etwas zu trinken ein und stellte es auf den Tisch. Eine Weile sagte keiner etwas, sondern wir tranken nur und sahen den Gegenüber auch nur kurz an. Warum? Keine Ahnung! Wir hatten einen so schönen Tag miteinander verbracht, uns so viel erzählt und so leckere Sachen gegessen und getrunken, dass ich nicht mal mehr wusste, was ich jetzt noch sagen sollte. Leon auch nicht. Dennoch lächelten wir uns auf einmal an. Es war eigentlich schon immer so gewesen, dass wir meistens dasselbe dachten und es dem anderen nicht sagten. Doch dieses Mal blickte mich Leon sehr durchdringend an. Wir stießen mit unseren Wassergläsern auf das schöne Wiedersehen an. Als die Gläser geleert waren, ging Leon nach Hause.

Ich sprang schließlich unter die Dusche und sang dabei fröhlich vor mich hin. Eher schief als gut. Aber egal! Als Leon mal bei mir übernachtet hatte und mich beim Singen gehört hatte, meinte er, dass ich echt gut singen könnte. Er war einfach der Beste!

Aber was mich momentan mehr beschäftigte und ich noch keinem anderen erzählt hatte, war, dass Nadja Krebs hatte. War dieser Krebs wirklich unheilbar und würde sie wirklich schon in zwei Wochen sterben?

Danach föhnte ich meine Haare und zog mich an für die Disco. Schließlich hatte mich meine beste Freundin dazu eingeladen und sie akzeptierte kein „Nein". Ich schminkte mich dezent, machte meine Haare zurecht und wartete bis Lara kam. Es war erst halb neun und wir wollten um neun losgehen, sodass ich mir noch mein neuestes Buch schnappte und ein paar Seiten las. In diesem Buch ging es hauptsächlich um ein Mädchen, das verfolgt wurde und einige Freunde von ihr, die ermordet wurden. Echt grausam, wenn man mich fragte. Dennoch war es spannend. Ohne dass ich es bemerkte, verging die halbe Stunde wie im Flug. Plötzlich klingelte es an der Tür. Das musste Lara sein. Als ich die Tür öffnete stand da aber nicht Lara sondern Leon. Er meinte dann nach einer kurzen Zeit, in der er mich verblüfft anstarrte: „Hey! Ich hab vorhin meine Jacke vergessen. Übrigens, du siehst echt umwerfend aus. Na ja, das tust du immer, aber jetzt besonders." Langsam wurde ich richtig rot im Gesicht, obwohl mir dies gegenüber Leon noch nicht passiert war.

„Danke fürs Kompliment!" Ich ging mit ihm in die Küche und gab ihm seine Jacke bzw. Weste. Als er ging, drehte er sich nochmal um und fragte neugierig: „Wo soll´s denn heute Abend noch hingehen?"

„Mit Lara in die Disco. Wenn du Lust hast, kannst du ja mitkommen. Müsstest dich nur umziehen. Denn so lassen die dich bestimmt nicht rein." Ich lächelte und musterte seine Bekleidung. Er trug eine etwas zerrissene Jeans und nicht gerade seine besten Schuhe. Mir war das zwar relativ egal, aber der Discobetreiber sah das kritisch. Obwohl er seinen Blick nicht von mir lassen konnte, antwortete er mir mit einem Nicken. Er war sichtlich über mein Aussehen erstaunt. Für heute Abend hatte mir Lara ihr schwarzes Minikleid geliehen, das echt toll aussah. Wie sie es formulierte: „Damit du auch mal einen Mann abbekommst."

Als ob ich das nötig hätte. Na ja, wollen wir mal nicht so eingebildet sein, Lena!

Wir machten uns auf zu Leons Wohnung, nachdem ich Lara Bescheid gegeben hatte. Seine Wohnung war zum Glück nicht weit entfernt, da ich verdammt hohe Schuhe trug im

Gegensatz zu sonst. Wir liefen in einen Wohnblock hinein, der zu meinem Glück einen Fahrstuhl hatte. Leon hielt mir die Tür auf und lächelte dabei so charmant. Als wir an seiner Haustür ankamen und hinein gingen und ich anschließend erst einmal die Schuhe auszog, fing Leon an zu lachen. „Diese Schuhe sind eindeutig nicht für dich gemacht. Auch wenn sie ganz schick anzusehen sind." Ich lief in sein Schlafzimmer ohne zu fragen und setzte mich auf sein Bett. Er nahm neben mir Platz. Doch ich schüttelte nur den Kopf und zeigte auf sein Kleiderschrank: „Nee, Leon. Jetzt ist Modenschau angesagt, ich sag dir, ob ich dich so mit in die Disco begleite. Weil so kannst du nicht mitgehen." „Na gut!" Er zog vor meinen Augen sein Shirt aus und ein echt verrücktes Hemd, mit einem hässlichen Muster wieder an. Ich schüttelte den Kopf und lachte dabei. Da das dann einige Minuten lang so ging, lief ich selbst zum Schrank und suchte so lange nach einem passenden Hemd bis ich eins gefunden hatte. Das hatte ich ihm mal zum Geburtstag geschenkt. Leon zog es an und ich nickte zufrieden.
„Nun die Hose. Die geht in der Disco gar nicht."
Deshalb zog er sie auch aus und ich gab ihm eine, die ich schon immer an ihm mochte. Eine schwarz-blaue Jeans. Die Schuhe. Ich begutachtete ihn von oben bis unten und kam zum Entschluss, dass es die schicken schwarzen Lederschuhe sein mussten. Leo schlüpfte in diese hinein und stellte sich neben mich vor den Spiegel und meinte zufrieden: „Ja, doch, so können wir gehen!"
Nachdem ich mir meine hohen und ungemütlichen Schuhe wieder angezogen hatte, liefen wir langsam zur Disco. Dort

wartete schon Lara auf uns. Sie begrüßte uns herzlich jeweils mit einer Umarmung und anschließend gingen wir in die ziemlich gut gefüllte Disco hinein. Erst einmal verschafften wir uns einen Überblick über die Gäste und die Leute, die wir eventuell kennen könnten. Schließlich spendierte uns Leon einen Drink. Als wir nun an der Bar saßen und uns zusammen unterhielten, da tippte mir auf einmal jemand auf die Schulter. Erst dachte ich, dass mich Lara wieder ärgerte und beachtete dies nicht. Doch als dieser Jemand mir auch auf die andere Schulter klopfte und sich neben mich setzte, merkte ich, dass sie es unmöglich sein konnte. Denn Lara saß auf der anderen Seite. Nämlich neben Leon, der so wie ich nun zu diesem Jemand blickte und die Augen verdrehte. Es war Lukas, der Zwillingsbruder von Leon. Lukas war schon immer in Lara verknallt und baggerte sie an, wann immer es möglich war. Klar, dass es mich irgendwann nervte, dass Lara dabei immer so Tussimäßig kicherte. Außerdem war sie auch in ihn verliebt und keiner machte den Anfang. Er setzte sich neben mich und bestellte sich eine Cola. Dabei sah er zu Lara rüber und diese fing sofort an zu lächeln. Na ja, sie war halt verliebt. Ich musste sie dazu bringen, dass sie es ihm sagte. Oder ihn. Lukas trank einen Schluck aus seinem Glas. „Das ist echt der Hammer, dass wir uns hier treffen." Obwohl dies unsere Stammdisco war. Lara lächelte ihn immer noch an und Leon hatte anscheinend keine Lust sich mit seinem Bruder zu unterhalten. Ich meinte nur: „Schon, aber wenn wir abends weg gehen, dann sind wir meistens hier. Also nichts Ungewöhnliches." Lukas nickte und setzte sich nun neben

Lara, die sich dann richtig an ihn ranmachte. Das Witzige daran war, dass Lukas sofort darauf einging. Das merkte man ja schon, wenn man die beiden nur von weitem beobachtete. Leon forderte mich zum Tanzen auf und so marschierten wir auf die Tanzfläche. Ja, ich konnte nicht wirklich tanzen, aber das war mir relativ egal. Mir war der Spaßfaktor wichtiger. Dabei lachten und alberten wir viel. Bis wir Eric mit Amanda erblickten. Eigentlich wollten die beiden sich doch erst am Freitag treffen; so wie ich es vernommen hatte. Na, wenn die zwei so große Sehnsucht nacheinander hatten, dann bitte. Nicht mein Bier. Aber mussten sie immer da auftauchen, wo wir gerade Spaß hatten?! Anscheinend hatte mich Eric auch gesehen, denn er kam mit Amanda an der Hand direkt auf uns zugelaufen. Leon und ich gingen daraufhin wieder zur Bar; die beiden folgten uns. Eric bestellte sich und Amanda einen Cocktail, den ich nicht definieren konnte. Ich tat so als ob sie nicht da wären und unterhielt mich mit Leon: „Würdest du mich morgen mit zum Skaten mitnehmen? Ich würde so gerne wieder damit anfangen." „Klar, kein Problem. Vorher müssen wir aber noch Basti aus dem Krankenhaus holen, bevor er noch irre wird. Ist doch okay, oder?"

Darauf antwortete ich nur mit einem Nicken, da Eric plötzlich vor mir stand und mich sehr seltsam ansah.

„Na, Lena! Biste schon wieder mit diesem Looser unterwegs? Was findest du an dem nur? Sieh mich im Vergleich zu ihm; ich bin eindeutig der Bessere." Eric musterte Leon. Langsam strapazierte er meine Nerven.

„Was kümmert es dich, mit wem ich rumhänge? Du nervst mich langsam richtig. Außerdem ist das immer noch meine Sache. Also lass das dumme Geschwätz!" Amanda drängelte sich vor Eric und sah mich böse an. Wie blöd die doch gucken konnte.

„Was fällt dir ein, so mit ihm zu reden? Er ist ein besonderer Mensch und das solltest du zu schätzen wissen. Denn schließlich ist er mein Freund. Also entschuldige dich gefälligst bei ihm!"

Sie hatte mir nichts zu sagen. Amanda war zwar in Eric richtig verschossen, aber mich sollte sie da bitte echt raushalten. Warum musste sie eigentlich immer bei Eric sein und an jedem, den sie nicht leiden konnte, rummeckern? Es reichte. Sie konnte gerne tun und lassen was sie wollte, aber bitte nicht in meiner Nähe. Jedes Mal, wenn ich auf diese Tussi traf und sie mich vor allen schlecht machte, kochte es in mir so vor Wut, dass ich fast platzen konnte. Doch ich strahlte auch diesmal pure Gelassenheit aus, was Amanda nur noch rasender machte. Sie warf mir Schimpfwörter an den Kopf, machte mir Vorwürfe wie schlecht ich doch meine Freunde behandelte und so weiter. Aber das Schlimmste für mich war, dass Eric einfach nur da stand, mich anglotzte und nichts dagegen unternahm. Das wiederum fand ich als ehemaliger Kumpel von Eric eine echte Unverschämtheit. Traurig eher. Wenn er mich lieben würde, dann würde er mich verteidigen.

Auf einmal hatte Leon genug und meinte mit einen uninteressierten Blick zu den Zweien, dass sie sich so schnell wie möglich verpissen sollten, sonst würde er sich vergessen.

„Ja, das machen wir auch. Schließlich müssen wir uns nicht mit euch Loosern abgeben. In so einer angesagten Disco habt ihr sowieso nix verloren", erklärte Amanda uns und lächelte dabei extrem angefressen. Während sie mich sauer und wütend ansah, nahm mich Leon an der Hand und zog mich in Richtung der Toiletten. So konnte keiner der beiden uns dumm anmachen. Zum Glück! Amanda wollte uns hinterher stampfen, doch das gelang ihr nicht. Denn sie wurde von Eric aufgehalten, der es offensichtlich einsah, dass sie uns nervten.

In der Zwischenzeit hatten Lara und Lukas auf der anderen Seite angefangen zusammen zu tanzen und das sah sehr eng umschlungen aus. Verliebte halt. Das gönnte ich Lara sehr. Denn sie hatte bisher noch nicht den Richtigen bei ihrer Männerwahl getroffen. Sie meinte immer, dass die Männer dagegen auf mich fliegen würden. Das fand ich zwar nicht, aber wenn ich meine früheren Klassenkameraden ansah ... dann hatte sie vielleicht doch recht. Lukas und Lara waren so miteinander beschäftigt, das ich darüber lächeln musste.

Es musste echt schön sein, wenn derjenige, den du liebst, dasselbe für dich empfindet wie du für ihn. Mir war das nur einmal passiert und dann nicht mehr. Nämlich mit meinem vorherigen Freund Felix. Na ja, wir waren irgendwie noch zusammen bzw. wir hatten die Beziehung auf Eis gelegt. Felix ist vor einem knappen Jahr beruflich nach Frankfurt umgezogen. Wir schrieben uns und telefonierten auch, aber die Besuche, die ich hätte gebrauchen können, gab es nicht. Wir waren zwei Jahre zusammen gewesen und das glücklich. Zumindest dachte ich das. Hin und wieder hatten wir Streit. Mal größer; mal kleiner. Ich vermisste ihn irgendwie, aber liebte ich ihn noch? Zwei Jahre sind eine lange Zeit. Vor allem ohne Zuneigung des Partners.

Heute Abend war mir nicht mehr zum Tanzen zumute und nach Disco im Allgemeinen auch nicht. Leon bot mir an, mich nach Hause zu begleiten. Ich stimmte zu und so verließen wir die Disco. Ein paar Straße weiter sah mich Leon fragend an und meinte mit voller Überzeugung: „Es stört dich Eric und Amanda immer wieder zu begegnen. Vor allem aber, wenn die beiden echt miese Kommentare abgeben." Sein Blick war so durchdringend, dass ich nicht anders konnte als ihm die Wahrheit zu sagen. Außerdem war er doch derjenige, der mich immer verstand.

„Okay, ja es stört mich, wenn Amanda so dumme Bemerkungen macht und Eric mich nur bescheuert angrinst. Und ja, es geht mir auf den Zeiger, wenn ich die beiden immer und immer wieder sehen muss. Doch ich denke, dass es Amanda bald keinen Spaß mehr machen wird, mich so blöd anzumachen, wenn ich sie ignoriere."

Leon legte seinen Arm um mich und nickte stumm. Wir liefen die Häuserblocks entlang und sprachen kein Wort miteinander. Erst als wir vor meinem Haus standen und er mich noch mit hoch begleiten wollte, brachen wir unser Schweigen. Ich gab ihm zu verstehen, dass ich zu erschöpft und müde war. Irgendwie war der Abend anstrengender geworden als geplant. Wenn er mit hoch käme, würde es dazu führen, dass ich dann mit ihm ewig lange quatschen würde und dazu war ich einfach zu k.o. Deshalb verabschiedeten wir uns und Leon ging anschließend zu sich nach Hause.

4. Kapitel

Am nächsten Morgen stand ich, zumindest für meine Verhältnisse, spät auf. Ich frühstückte und machte mich soweit fertig, dass ich mich nur noch anziehen musste. Ich wollte mir gerade mein Buch schnappen und ein bisschen lesen, als mein Handy klingelte. Es war Felix. Ich hätte nicht gedacht, dass er so früh wach war. Denn es war Wochenende und da musste er arbeiten, dachte ich jedenfalls.

„Guten Morgen, mein Sonnenschein! Na, alles klar?", fragte er mit bester Laune. „Ja, schon. Was rauscht denn da im Hintergrund?"

„Ich bin mit dem Auto unterwegs. Also nicht wundern, wenn ich mal nicht gleich antworte oder im Funkloch bin."
Daraufhin erzählte ich von meinen gestrigen Tag und von der Begegnung mit Eric und Amanda. Felix hörte mir zwar zu, aber es schien ihn nicht sonderlich zu interessieren. Er mochte die zwei sehr. Trotzdem war mir seine Meinung als seine „noch Freundin" oder „Freundin (?)" wichtig. Denn schließlich waren wir schon einige Zeit ein Paar.
Nachdem wir eine viertel Stunde telefoniert hatten, klingelte es plötzlich an der Tür. Wer das wohl war? Ich machte auf und staunte. Vor mir stand Felix mit einer großen Sporttasche. Ich war so überrascht, dass ich erst einmal nichts sagen konnte. Trotz allem nahm ich ihn in die Arme.
„Was machst du denn hier? Ich dachte du wärst in Frankfurt arbeiten?!"
„Ja, sorry. Schön dich wiederzusehen!"
„Felix, ich freu´ mich wahnsinnig dich mal wieder vor mir zu sehen."
Okay, ich hatte ein wenig übertrieben mit der Begrüßung. Felix küsste mich kurz. Ich hatte schon vergessen, wie er küsste. Wir gingen ins Wohnzimmer und setzten uns auf die Couch. Ich konnte es kaum fassen, dass Felix in der Zwischenzeit noch keine neue Freundin gefunden hatte. Obwohl wir schon ziemlich lange zusammen waren oder es immer noch waren, hatte ich es für möglich gehalten, dass er sich eine neue Freundin angelt. Denn er sah schon immer wie ein typischer Frauenschwarm aus. Glaubte ich zumindest. Felix bemerkte, wie sehr ich grübelte und küsste mich

erneut, um mir zu verdeutlichen, wie sehr er mich vermisst hatte.

„Entschuldige, ich hab mich noch gar nicht angezogen." Er lachte und küsste mich nochmal und nochmal.

„Dafür musst du dich doch nicht entschuldigen. Hätte ich an deiner Stelle auch so getan. Das mit dem Nachthemd ... na ja, meinetwegen kann ich es dir auch ausziehen und wir machen es uns im Schlafzimmer bequem." Felix sah mich irgendwie an, als wäre er richtig geil auf mich. Aber vielleicht täuschte ich mich da auch. Eine verrückte Idee war es auf jeden Fall. Die fand er anscheinend so gut, dass er sie auch gleich umsetzte. Er nahm mich bei der Hand und lief mit mir ins Schlafzimmer. Auf dem Bett zog er mich so schnell er konnte aus und sich anschließend auch. Ich war wahrscheinlich einfach zu langsam für ihn. Wir küssten uns und gaben uns die Streicheleinheiten, die wir in der Zwischenzeit nicht bekommen hatten. Es war schon schön wieder mit Felix vereint zu sein. Also im wahrsten Sinne des Wortes. Doch den Sex mit ihm hatte ich anders in Erinnerung. Er war nicht mehr so zärtlich und süß, ging auch nicht mehr so behutsam mit mir um. Ob wir wieder ein Team werden konnten? Bevor er nach Frankfurt zog, hatte Felix mir gesagt, dass uns nichts und niemand auseinander bringen könnte. Versprochen hatte er es mir. Aber war er immer noch derselbe wie vor einem Jahr? Wegen dieses Versprechens hatte ich die Hoffnung nicht aufgegeben, dass er zurückkommen würde. Heute war er wieder da.

Ich zog mir Unterwäsche an und schwang mir einen Bademantel darüber. In der Küche machte ich uns einen Kaffee.

Als wir ausgetrunken hatten, zogen wir uns an und er gab mir einen Kuss auf die Wange. Anschließend machten Felix und ich es uns wieder auf der Couch bequem. Zwischendurch gab Felix mir einige Küsse. Ich fühlte mich bei ihm wohl, aber gleichzeitig war ich auch misstrauisch.

Gegen Mittag klingelte es erneut an der Tür und Felix machte auf, da ich gerade dabei war, unser Mittagessen zu kochen. So wie ich es von der Stimme her hören konnte, musste Leon an der Tür gewesen sein. Beide kamen zu mir in die Küche. Dort wo ich die Spaghetti in den Topf tat und etwas Salz dazu gab. Leon sah man es an, dass er sehr überrascht war, dass Felix wieder „im Lande" war. Die beiden mochten sich nicht besonders, aber akzeptierten sich. Felix als mein „noch Freund" und Leon als mein bester Freund. Doch als Felix nach Frankfurt gezogen war, hatte Leon mir geraten, ihn zu vergessen. Denn er käme nicht mehr zurück, meinte er. Leon hatte sich in dieser Hinsicht getäuscht. Er kam wieder. Ob er länger blieb oder nach dem Wochenende wieder fuhr, wusste ich nicht. Mir war das im Moment auch relativ egal. Hauptsache er war jetzt hier.

„Hi Lena! Wie ich sehe, hast du schon Besuch. Eigentlich wollt´ ich dich zum Skaten abholen, wenn du Lust hast."

„Hi. Klar, sehr gern, aber ich hab grad´ erst angefangen zu kochen. Du kannst auch mitessen. Spaghetti mit Tomatensoße! Magst du doch so gern", sagte ich und rührte die Tomatensoße.

„Wenn es euch nix ausmacht ..."

„Warum sollte es uns etwas ausmachen? Ich freu´ mich immer, wenn ich meinen besten Freund hier habe", meinte ich und zwinkerte Leon zu, der sich gleich aufmachte den Tisch für drei Personen zu decken. Während ich immer wieder die Tomatensoße umrührte und darauf achtete, dass das Nudelwasser nicht überkochte, setzten sich die Jungs an den Tisch und redeten über alles Mögliche. Als das Essen fertig war, stellte ich es auf den Tisch und füllte anschließend jedem etwas auf. Nach dem Essen lobten mich die beiden wegen des guten Essens und räumten das Geschirr auch in die Spülmaschine. Leon wischte den Tisch und Felix trocknete ihn ab.

Anschließend machten wir uns fertig, um zum Skater Park zu gehen. Schon von Weitem erkannte ich, dass auch Eric und ein paar von seinen Kumpels anwesend waren. Felix nahm meine Hand und wir liefen neben Leon zu einer freien Bank, auf der wir unsere Sachen ablegten. Felix gab mir, bevor wir auf die Skaterbahn gingen, einen langen Kuss und das sah Eric. Denn dieser kam schnellen Schrittes auf uns zu und guckte ziemlich mies gelaunt. Als er vor Felix und mir stand, wurde er richtig wütend und musterte Felix von oben bis unten.

„Dass du dich nach so langer Zeit noch hierher traust ... Weißt du eigentlich wie sehr Lena gelitten hat?"

„Was ist dein Problem, Eric?", fragte Felix mit einer energischen und irgendwie auch hochnäsigen Stimme.

„Ich würde meine Freundin nie so leiden lassen. Lena weiß, was ich für sie empfinde." Eric sah mich liebevoll an und ich nickte nur. Felix blickte mich echt seltsam und verwundert von der Seite an.

„Lass uns bitte in Ruhe mit deiner Eifersucht! Du siehst doch, dass sie nicht dasselbe für dich empfindet und sie hat es dir bestimmt auch schon versucht zu sagen", sagte Felix mit deutlich zornigerer Stimme. Dadurch wurde Eric nur noch wütender. Daraufhin gingen wir drei einfach an ihm vorbei, damit das Ganze hier nicht noch eskalierte.

Wir skateten stundenlang im Park, zwischendurch gönnten wir uns auch mal eine Pause und hatten dabei jede Menge Spaß. Felix konnte zwar nicht so gut skaten wie Leon und ich, aber er gab sich sichtlich Mühe. Die Skaterbahn füllte und füllte sich immer mehr, so dass wir schließlich gezwungen waren, uns auf die Bank zu setzen. Was wir alle nicht bemerkten war, dass sich Eric nun auf der Bank neben uns niederließ. Auf einmal erschien Amanda wie aus dem Nichts. Sie ging auf Eric zu und hatte ein breites Grinsen im Gesicht als sie mich entdeckte. Doch das war mir egal! Ich küsste Felix, so als wollte ich es ihr heimzahlen, der überrascht aber auch glücklich war. Als Amanda das sah, merkten Leon und ich, wie wütend sie das machte. Eigentlich müsste sie das doch freuen, dass sie nun Eric für sich allein hatte. Oder nicht? War sie vielleicht eifersüchtig, dass ich einen besseren und tolleren Freund hatte als sie? Wenn sie sich weiterhin so hinterhältig und zickig benahm, würde sie höchstwahrscheinlich keinen Freund abbekommen. Sie dachte immer schon nur an ihr Wohl und half keinem anderen, der eventuell Hilfe benötigte. Meiner Ansicht nach müsste sie ein soziales Jahr machen (sagen wir: in Botswana) und dann würden wir ja sehen, ob sie sich ändern könnte. Es ist wohl jetzt allen klar, dass ich diese Frau nicht ausstehen konnte. Sie fühlte sich stärker, wenn ihre Anhängerinnen dabei waren. Ob Amanda sich jemals ändern würde stand in den Sternen.

„Na, sieh mal einer an. Lena hat sich wieder mit ihrem Lover zusammen gefunden. Ob das was wird …", gab die bescheuerte Schnepfe von sich, so als ob sie es besser wüsste.

„Das lass mal unsere Sorge sein", meinte ich nur und drehte ihr den Rücken zu. Leon legte die Hand auf meine Schulter. Das war irgendwie eine beruhigende Art, die auf mich überströmte.

„Verpiss dich endlich und nimm gleich Eric mit, der lungert schon die ganze Zeit hier ´rum und schnüffelt uns hinterher. Das nervt!", schimpfte nun auch Leon, der es satt hatte, dass Eric und Amanda ihm den Tag versauten. Konnte man ja auch verstehen. Irgendwie. Amanda verstand das ganz und gar nicht. Sie stützte ihre Arme in die Hüfte und stellte sich so vor Leon, den es jedoch nicht interessierte, was die dumme Kuh von sich gab.

„Was fällt dir ein, so mit mir zu reden? Willst du mich etwa provozieren?", fragte Amanda nun sehr gereizt.

„Nein, nicht wirklich, aber es wäre trotzdem sehr reizend, wenn du jetzt die Fliege machen könntest." Felix und ich mussten grinsen, als Amanda richtig knallrot im Gesicht wurde. Echt zum Schießen! Doch da kam auch schon Eric zu uns und beruhigte sie. Amanda war natürlich sehr dankbar, dass er da war und sie unterstützte. Eric sah mich die ganze Zeit über an und lächelte dabei. Das war mir wiederum sowas von egal, dass ich mich umdrehte und mich mit Felix allein unterhielt. Nach einer kurzen Diskussion zwischen

Leon und Eric, verschwand Eric und Amanda stampfte ihm hinterher. Die beiden würden ein gutes Paar abgeben. Vor allem, weil jeder der beiden irgendeinen Grund suchte, um mit irgendjemandem zu streiten. Na ja, Amanda eher mehr.

Als Felix und ich abends wieder bei mir Zuhause waren, da machten wir uns kein großes Abendessen, sondern nur ein paar Toasts. Dazu gab es Tomaten-Mozzarella. Danach sahen wir uns einen Actionfilm mit Brad Pitt an und anschließend gingen wir ins Bett. Wir, vor allem ich, waren ziemlich müde. Er noch von der langen Fahrt hierher und ich von dem ganzen Stress mit Amanda. Doch da es so warm war, konnten wir nicht einschlafen. Wir lagen noch lange wach und redeten. Felix strich mir über die Wange, während ich ihm Fragen stellte, auf die ich schon lange Antworten haben wollte: „Warum bist du eigentlich erst jetzt wieder hier? Du hättest mich besuchen können. Vor allem, warum hast du nicht gesagt, dass du kommst? Ehrlich ..." Felix sah mich total lieb an und lächelte dabei so unschuldig.
„Ich wollte dich überraschen und das ist mir offenbar gelungen. Lena, ich hab eine neue Stelle in Karlsruhe bekommen. Bis dahin muss ich noch alles mit der alten Wohnung abklären und mein erster Arbeitstag ist schon in zwei Wochen."
„Das freut mich sehr für dich!" Er kam mit seinem Gesicht immer näher und grinste mich breit an. Ich nickte nur. Worauf er sich förmlich auf mich schmiss und mich umarmte. Wir waren beide glücklich. Zumindest glaubte ich, dass ich es war.
„Danke, Lena. Du bist echt die Beste." Wir küssten uns.

5. Kapitel

Ein paar Tage später kam der Umzugswagen von Felix zu seiner neuen Wohnung. Zum Glück war diese im ersten Stock und so mussten wir die schweren Möbel keine Treppen hoch schleppen. Leon hatte sich angekündigt, um zu helfen. Sebastian auch, aber er konnte leider nicht viel dazu beitragen, da er immer noch den Gips am Arm hatte. Jedenfalls gab er sein Bestes. Denn er war und ist Leons und mein bester Freund. Okay, Leon war auch mein bester Freund. Felix und Leon trugen gerade die Couch in das Wohnzimmer, als mein Handy klingelte und Lara am anderen Ende der Leitung war. Sie war seit meiner Kindergartenzeit meine beste und engste Freundin. Lara klang regelrecht panisch und bat mich, möglichst schnell zu ihr zu kommen. Ich packte natürlich sofort meine Handtasche, griff den Autoschlüssel und rief kurz zu den Jungs, dass ich zu Lara müsste. Denen machte es nichts aus, denn sie wussten, dass Lara und ich immer für einander da waren.

Bei ihr angekommen stieg ich aus dem Auto und rannte quasi hinauf zu ihrer Wohnung. Das bescheuerte war nur, dass Lara im dritten Stock wohnte und es keinen Aufzug gab. Ich war so aus der Puste wie selten, als ich endlich oben ankam. Noch bevor ich klingeln oder klopfen konnte, machte mir Lara auf und zog mich hinein. Sie guckte mich Hilfe suchend an und war blass im Gesicht. Ich umarmte sie und versuchte sie zu beruhigen, auch wenn ich den Grund für ihre Panik noch nicht kannte.

„Lara, was ist denn? Erzähl. Was ist passiert?" Wir nahmen im Wohnzimmer auf dem Sofa Platz und sie begann zu reden.

„Lena, du weißt doch, dass Lukas und ich in der Disco so eng umschlungen miteinander getanzt haben. Danach sind wir noch zusammen zu mir nach Hause gegangen und es kam dann noch dazu, dass wir im Bett gelandet sind", Lara wurde immer kleinlicher und blickte dabei auf den Boden. Ich nahm ihre Hände und versuchte sie zu trösten.

„Was ist daran so schlimm? Du liebst ihn und er dich."

„Schon, aber es ist uns ein kleines Missgeschick passiert."

„Lass dir nicht alles aus der Nase ziehen."

„Da ich die Pille zurzeit nicht nehme und wir trotz allem Sex hatten, hab ich sicherheitshalber einen Test gemacht. Sogar drei. Die waren alle positiv!"

Nun schaute sie mich mit traurigen und hilflosen Augen an. Ich war überrascht, aber ich freute mich für sie.

„Warst du schon beim Frauenarzt? Hast du es schon Lukas geredet? Lara, da brauchst du nicht panisch zu werden. Kinder sind etwas Schönes. Wir kriegen das schon hin. Nachdem du beim Arzt warst, sagst du´s ihm", meinte ich, ohne ihre Hände loszulassen. Lara nickte stumm. Ich rief beim Frauenarzt an und machte für sie einen Termin aus. Da eine andere Dame für heute Nachmittag abgesagt hatte, konnte Lara deren Termin in Anspruch nehmen. Daraufhin lenkte ich sie ab, indem ich sie bat, uns mit Felix Umzug zu helfen. Erst hatte sie keine Lust. Doch ich blieb hartnäckig, sodass sie am Ende zustimmte. Anschließend fuhren wir wieder zu den Jungs, die in der Zwischenzeit viel geleistet hatten. Der Umzugswagen war um einiges leerer und die drei umso nassgeschwitzter. Die Wohnung war voller und sie sah sehr chaotisch aus. Denn wie ich Felix kannte, wusste er nicht, wo er was hinstellen sollte und machte sich auch noch keine Gedanken darum. Als er mich mit Lara kommen sah, kam er auf uns zu und küsste mich.

„Da biste ja wieder. Hab dich schon vermisst." Er grinste und ich wandte mich kurz darauf an Leon: „Wollte Lukas auch vorbei kommen, um zu helfen?"

„Ja, er hat mir gerade geschrieben, dass er auf´m Weg ist. Müsste also in ein paar Minuten da sein. Wieso?"

„Nur so." Lara blickte immer noch schockiert drein und ich flüsterte ihr zu, dass sich alles aufklären würde und sie keine Angst haben müsste. Ich gab ihr die Aufgabe Felix´ Krimskrams-Sachen, die in einer Box waren, in das Wohnzimmer zu bringen. Erst zögerte sie, doch als ich energischer wurde, verschwand sie im Haus. Anschließend kam dann auch Lukas dazu und half. Als er Lara erblickte und ihr einen langen, zärtlichen Kuss auf den Mund gab, wurde ihr anscheinend unwohl wegen dieser Sache und sie ging erstaunlich schnell ins Bad. Dort schloss sie sich ein. Ich war dabei die Laptoptasche in der Küche auf die Ablage zu legen, als mir Basti davon berichtete. Vor der Badezimmertür stehend wartete ich kurz und hörte dann ein leises Schluchzen. Da schaute mich Basti fragend an. Ich meinte nur, dass das wieder wird. So beruhigte ich Lara von der anderen Seite der Tür.

„Lara, du weißt doch noch gar nicht, ob es stimmt. Wir werden es nachher wissen. Na ja, eigentlich schon in einer Stunde. Also, hör auf zu weinen und mach die Tür auf. Vom Weinen wird´s auch nicht besser!"

Ich sah kurz zu Sebastian rüber, der nun gar nichts mehr verstand. Doch ich winkte ab. Wir hörten, wie sie den Schlüssel langsam umdrehte und sich die Tür langsam öffnete. Dann kam Lara mit einem sehr verweinten Gesicht zum Vorschein. Ich gab ihr ein Taschentuch. Nun kamen auch die anderen drei Jungs in die Wohnung. Seltsamer Weise sah ich nur Lukas an, um herauszufinden, was er wohl dachte. Er nahm Lara in den Arm und tat so als wäre nichts passiert. Ich meinte dann zu allen: „So Jungs, Lara und ich müssen jetzt leider los zum Arzt und kommen aber danach wieder hierher."

„Wieso? Ist einer von euch krank?", fragten Leon und Lukas im Chor.

„Nein, nein. Routine Check bei Lara."

„Dann bis später Mädels!", verabschiedeten uns Basti und Leon locker. Leon glaubte mir anscheinend nicht richtig und nahm mich vor der Haustür kurz zur Seite.

„Ist wirklich nichts mit euch? Wenn irgendetwas ist, dann komm ich mit."

„Das ist echt lieb und süß von dir. Mit mir ist aber nichts. Leider kann ich dir jetzt noch nichts Genaueres sagen, was mit Lara ist. Wenn es feststeht, wirst du es sowieso erfahren." Leon umarmte mich kurz und gab mir auch einen Kuss auf die Wange, während er mir noch zuflüsterte, dass er sich auf mich verließ. Ich lächelte ihm zu und merkte wie eifersüchtig Felix nun zu uns bzw. zu Leon hinunter sah. Er guckte nämlich aus einem der Fenster. So fuhren Lara und ich zum Arzt.

Bei Dr. Hohlstein mussten wir Gott sei Dank nur zehn Minuten warten. Lara bat mich mit ins Behandlungszimmer zu kommen. Als der Arzt kam, wurde Lara blasser und blasser, sodass ich für sie sprach. Ich erzählte ihr Anliegen und Dr. Hohlstein nickte dabei. Als ich fertig berichtet hatte, setzte er sich neben Lara auf die Liege und beruhigte sie mit einer echt ruhigen Stimme. Langsam kam wieder etwas Farbe in ihr Gesicht und sie beantwortete die Fragen nun selbst, die ihr der Arzt stellte. Während sie sich auf die Liege legte, bereitete Dr. Hohlstein das Ultraschallgerät vor. Nach einer kurzen Untersuchung stand fest, dass sie tatsächlich schwanger war. Ich hielt die ganze Zeit ihre Hand und meinte anschließend zu ihr, dass das doch gar nicht so schlimm sei.

Wie geplant fuhren Lara und ich nach einer knappen halben Stunde zurück zu den vier Jungs, die den Umzugswagen bereits leer geräumt hatten. Dort empfingen uns die drei mit besorgten Gesichtern. Im Wohnzimmer nahmen wir alle auf der Couch Platz, auf der schon Basti saß. Natürlich fragten uns alle, ob alles in Ordnung sei. Ich sah zu Lara. Die wiederum blickte nur auf den Boden.

„Und alles okay bei dir, Lara?", fragte Lukas interessiert. Lara blickte Lukas an. „Sag es ihm kurz und schmerzlos. Es ist nun wirklich kein Weltuntergang. Du musst es ihm sowieso demnächst sagen", meinte ich leicht genervt.

„Okay. Lukas, laut dem Arzt und den drei Tests, die ich gemacht habe, bin ich schwanger." Die Jungs sahen Lara unglaublich froh an, da sie sich offensichtlich vorher etwas Furchtbares ausgemalt hatten. Leon verstand nun, warum ich es ihm nicht sagen konnte. Basti, der ja nicht wusste, dass Lara mit Lukas zusammen war, fragte neugierig: „Und Lukas ist also der Vater?"

Sie blickte Lukas an. Lukas war der Glückliche, allerdings. Denn Lara ging sonst nicht mit einem Mann so schnell ins Bett. Außerdem war sie eher eine Ruhige, so wie ich es früher war, die nicht so oft Anmachsprüche zu hören bekam. Ich dagegen viel zu viele. Doch seit ich mit Leon befreundet war wurden es weniger. Denn er tat so, wenn wir abends unterwegs waren, als ob er mit mir zusammen wäre. Er hielt mir sozusagen die Kerle vom Hals, die mich nervten oder die einfach zu aufdringlich waren. Ich merkte Felix an, dass er sich bei den anderen nicht mehr besonders wohl fühlte. Warum wusste ich nicht. Lukas war sehr, sehr überrascht und überrumpelt. Dennoch umarmte er Lara und war glücklich. Denn schließlich liebten sich diese beiden Schüchternen schon lange. Okay, das mit der Liebe zwischen Felix und mir konnte man nicht vergleichen. Denn schließlich hatten wir uns ziemlich lange nicht mehr gesehen. Die beiden waren reif genug, um das Kind zu bekommen und zu versorgen, falls Lara es überhaupt wollte. Während Lukas sich neben sie setzte, ihr versprach sich sehr gut um das Kind zu kümmern und so weiter, holte ich uns etwas Kühles zu Trinken. Leon half mir dabei. Wir gingen in die Küche und Leon holte aus irgendeiner Kiste ein Tablett heraus. Darauf stellten wir die Gläser und eine Flasche Cola aus dem vom Vormieter übernommenen Kühlschrank. Als wir ins Wohnzimmer zurückkamen saß Lukas mit Lara auf dem Schoß im Sessel. Beide sahen wunschlos glücklich aus und Lara auch erleichtert. Ich drückte jedem ein Glas in die Hand und setzte mich anschließend zwischen Felix und Basti. Sebastian legte den Arm um meine Schulter und lächelte charmant wie er war. Felix küsste mich daraufhin auf den Mund und Basti klopfte er freundschaftlich auf die Schulter. Leon guckte etwas benachteiligt und so klopfte Basti bei ihm auf die Schulter. Diese Männer waren echt wahnsinnig gute Kumpels und Felix war halt Felix.

„Wollt ihr das Kind denn wirklich bekommen? Das macht halt viel Arbeit und bedeutet wenig Schlaf in der Anfangszeit", fragte Felix auf einmal und Lara starrte ihn an.

„Natürlich, was denkst du denn? Das ist ein Geschenk!"

Lukas Freude wurde durch diese Frage etwas getrübt. Doch ich beruhigte alle. Felix setzte aber noch einen oben drauf: „Ein Kind ich teuer und es braucht viel Geduld und Aufmerksamkeit. Überlegt es euch gut!"

„Wir sind uns sicher. Das lass mal schön unsere Sorge sein. Du verstehst echt nicht, dass du grad´ der Auslöser des Problems bist. Warum mischt du dich in Dinge ein, die dich nicht zu interessieren haben?"

Lara wurde richtig sauer und Lukas versuchte sie durch behutsame Küsse zu beruhigen. Was dann auch klappte.

„Felix hat es bestimmt nur gut gemeint. Nicht wahr?", sagte ich um die Wogen zu glätten. Er nickte nur stumm.

Während dann Lukas und Lara mit sich selbst beschäftigt waren, sprachen wir anderen darüber, wie wir die nächsten Tage verbringen sollten. Schließlich hatten so ziemlich alle eine Woche Urlaub. Deshalb beschlossen wir, heute Abend erst einmal zu grillen und dabei dann mit den beiden in Ruhe darüber zu reden, was wir in den nächsten Tagen Schönes machen könnten. Doch wir konnten keinesfalls bei Felix grillen. Hier stand ja noch kein Möbelstück an seinem Platz. Leon erbarmte sich schließlich und so wurde beschlossen, dass wir bei ihm grillen. Wir gingen also alle zu Leon und die zwei Turteltauben machten es sich auch gleich wieder auf der Couch gemütlich. Das Bild von den beiden war richtig süß. Doch wir mussten los, denn sonst konnten wir kein Fleisch mehr besorgen, da die Läden bald schließen würden. Zwei Salate wollte ich auch noch machen. Beim Einkaufen, was ich ja nicht so besonders mag, hatten die Jungs dagegen Spaß und überlegten miteinander, welches Fleisch am besten wäre. Während ich alles für die Salate und die Kräuterbaguettes in den Wagen legte, hatten sich die Männer endlich für ausreichend und vor allem leckeres Fleisch entschieden. Na, Gott sei Dank. Leon holte noch irgendetwas und kam aber auch schon nach ein paar Sekunden wieder. Mit einer Kiste Bier (keine Ahnung welche Sorte). Er sagte immer, wer kein Bier trinkt, ist kein richtiger Pfälzer (wir kommen alle aus der Pfalz).

Wieder bei Leon daheim, deckten Lara und Lukas gerade den Tisch draußen auf der Terrasse. Leon stellte den Grill an und ich machte mit Felix zusammen die Salate. Na ja, die meiste Arbeit machte ich. Felix sah mir fast nur zu. Basti kümmerte sich um die Kräuterbaguettes. Leon band sich eine Schürze um, damit er sich am Grill die Klamotten nicht einsaute. Während wir aßen war das Hauptthema natürlich Laras Schwangerschaft und das Drumherum. Denn schließlich wollten alle mehr darüber erfahren und vor allem wissen, wie es ihr dabei ging. Die wichtigste Frage, die wir uns stellten, war natürlich, ob sie sich das mit ihren zweiundzwanzig Jahren auch zutraute. Doch für Lara kam eine Abtreibung gar nicht in die Tüte. Denn das wäre, wie sie es formulierte, eine echte Kindesermordung. Das konnte man nicht tun. Ich dachte wie sie.

Nach dem Essen räumten wir wieder alles auf und jeder ging zu sich nach Hause. Lara ging mit zu Lukas. Felix kam mit zu mir, da seine Wohnung noch nicht bewohnbar war. Wir waren völlig fertig und ich schmiss mich auf die Couch. „Die Möbel schieben wir morgen dann so hin, wie du es dir vorstellst und räumen erst dann die Kartons aus. Ich bin am Ende meiner Kräfte." Felix sah das wohl genauso, denn er packte mich und trug mich auf seinen Armen ins Schlafzimmer. Dabei lachten wir, da ich fast überall mit den Füßen anstieß. Etwas später meinte er, dass er nochmal zu Leon ginge, um mit ihm zu quatschen. Kurz darauf verschwand er, ohne sich zu verabschieden.

6. Kapitel

Am nächsten Morgen wurde ich von den hellen Sonnen-strahlen geweckt, die mir direkt ins Gesicht schienen. Ich schlich leise raus in die Küche, da Felix noch schlief und machte uns ein leckeres Frühstück. Erst als der Frühstücks-tisch schon fertig gedeckt war, wurde Felix von der lauten Kaffeemaschine wach. Er kam verschlafen und nur in Boxer-Shorts zu mir gelaufen.

„Hey Süße! Das sieht ja lecker aus. Genau wie du!" Dabei sah er mich an und ich grinste. Wir küssten uns. „Du aber auch", antwortete ich, ohne nachzudenken, was ich da sagte.

„Lena, du machst mich noch ganz verlegen. Du siehst einfach wunderschön aus!"

„Was ich nicht alles für dich tue ...", sagte ich und setzte mich mit der Kaffeetasse in der Hand an den Tisch. Felix nahm neben mir Platz und trank gemütlich seine Tasse leer. Nachdem wir in Ruhe gefrühstückt hatten, machten wir uns fertig für den Ausflug mit Basti, Leon, Lara und Lukas. Wir hatten vor, mit ihnen in der Nähe des Skater Parks ein Picknick zu machen. Ich packte einen Korb mit leckeren Sachen, wie Erdbeeren, grüne kernlose Trauben, Getränke und vieles mehr. Felix holte aus meinem Kleiderschrank zwei große Decken zum Sitzen, nachdem ich ihm gesagt hatte, wo er diese fand. Während wir dies taten, überlegte ich mir, wie ich Lara sanft beibringen konnte, dass man mit einem Kind nicht mehr das tun konnte, was sie momentan tat. Sie konnte nicht mehr in die Disco gehen, bis tief in die Nacht feiern oder so, denn sie musste nun Verantwortung für das Kind übernehmen und es versorgen können. Versorgen; kein Problem. Aufpassen; kein Problem. Lieben; kein Problem. Verantwortung übernehmen; keine Ahnung. Das neue Lebewesen in Laras und Lukas Leben würde es sehr gut haben. Die beiden als Eltern zu sehen, war für mich eine sehr schöne Vorstellung.

Am Treffpunkt im Park angekommen, breiteten wir die beiden Decken aus und ich legte mich gleich auf die eine. Die Sonne schien und dazu war es auch noch richtig warm. Das sollte man von einem Tag im Juli auch erwarten. Nach ein paar Minuten kamen schon Leon und Basti zu uns, die sich zu uns setzten. Während Felix kurz etwas entfernt von uns telefonierte, redeten wir drei über Laras kritische Entscheidung, das Kind zu bekommen. Sie studierte doch genauso wie Lukas noch.

„Was hattet ihr zwei eigentlich gestern Abend noch zu bereden, dass es keiner mitkriegen durfte?", fragte ich Leon, der mich nun verwirrt anstarrte.

„Wie? Ich soll gestern Abend allein mit Felix gequatscht haben? Als ihr alle weg wart, bin ich unter die Dusche gesprungen und dann ab ins Bett. Lena, ich freu´ mich für dich, dass er wieder da ist. Aber liebt er dich überhaupt noch und du ihn? Bist du dir dann auch noch sicher, dass er dir treu ist? Denn ich hab ihn neulich mit einer anderen Frau gesehen, die er lange und wirklich leidenschaftlich küsste. Das war echt furchtbar mit anzusehen, wie er sie küsste und zugleich zu wissen, dass er mit dir zusammen ist. Das war als ich mit Basti vom Skaten nach Hause gelaufen bin."

Ich setzte mich aufrecht hin und blickte unauffällig zu Felix hinüber, der immer noch mit irgendjemanden telefonierte. Er stand ungefähr zehn Meter von uns entfernt und lächelte die ganze Zeit während er der anderen Person zuhörte. Okay, wenn er gestern Abend nicht bei Leon war, konnte es eventuell möglich sein, dass er mir untreu war. Felix hätte sich gestern mit dieser anderen Frau treffen können. Möglich wär´s!

„Und das stimmt sicher?"

„Ja, ist dir seit seiner Ankunft nichts anders vorgekommen? Ist er abweisend oder so?", versuchte Basti mir auf die Sprünge zu helfen.

„Na ja, er ist nicht mehr ganz so locker und geheimnisvoller. Glaubt ihr, das hat was damit zu tun?"

Ich wollte es nicht wahr haben, dass ich auch betrogen werden würde. Wenn das der Wahrheit entsprechen würde.

Beide nickten und da kam auch schon Felix zurück. Wenn man vom Teufel sprach. Der setzte sich zu mir und legte seinen Arm um mich und grinste. Ich schüttelte ihn ab und holte den Ball, den ich mitgenommen hatte, aus meiner Tasche. Im Stehen fragte ich Leon und Basti, ob sie mit mir eine Runde Fußball spielten. Da ich wusste, dass Felix Fußball hasste, ließ ich ihn außen vor. Wir hatten jede Menge Spaß, auch wenn ich mit Basti gegen Leon ziemlich oft verlor. Das Lachen kam bei uns nicht zu kurz, auch wenn wir öfter mal in Richtungen schossen, die nicht geplant waren.

Nach einer Weile gönnten wir uns eine kleine Pause, um etwas zu Trinken. Ich sah wie Felix dauernd WhatsApp-Nachrichten an irgendjemanden schickte. Deshalb ignorierte ich ihn bewusst. Doch Leon und Basti nahmen das nicht so leicht hin und klauten sein Handy.

„Was soll das? Das ist meins!"

„Das stimmt, aber hier ist die Wirklichkeit, deine Freunde und vor allem deine Freundin", meinte Leon, und Sebastian fügte dem noch leise hinzu: „Mal sehen, wie lange sie noch deine Freundin bleibt!"

Ich hatte keine Lust mich an so einem schönen sonnigen Tag mit jemanden zu streiten. Also hielt ich mich aus der Sache heraus und biss in einen saftigen Apfel. Felix dagegen verstand die Welt nicht mehr und sah mich irritiert an. Doch ich achtete nicht auf ihn, sondern lächelte Leon an.

Denn ich wusste es zu schätzen, wie sehr er sich um mein Wohlbefinden sorgte. Er war immer für mich da gewesen, half mir in den schwierigen Zeiten und stand mir mit Rat und Tat zur Seite. Nur seit meinem Job in der Anwaltskanzlei hatte ich mich ein wenig zurückgezogen. Ich hatte anfangs ziemliche Probleme mit meinem damaligen Chef. Der durfte aber nach einem Vorfall mit einer Mandantin, nicht mehr als Anwalt tätig sein, denn er hatte die Frau sexuell belästigt. Jetzt lief alles wieder gut und der neue Chef war von Anfang an freundlich und kompetent. Den Kontakt zu meinen „alten" Freunden musste ich also erst wieder neu aufbauen.

Felix hatte sich in letzter Zeit verändert und sich auch eher um sich selbst „gekümmert" und „gesorgt" als um mich, seine Freundin. Basti hatte ich ja erst kennen gelernt, aber soweit ich ihn einschätzte, war er ein hilfsbereiter und netter Kerl. Genau wie Lukas. Leon hatte Recht. Felix hatte sich eindeutig verändert. Wahrscheinlich dachte ich mir dabei nur deshalb nichts, weil ich glücklich war, ihn wieder hier bei mir zu haben. Während der Diskussion zwischen den Jungs und ihm, sah er mich die ganze Zeit an. Worauf ich dann ihn auch anguckte und ihn nebenbei mit bestimmender Stimme fragte: „Hast du eine Andere?"

„Wie kommst´n da drauf?"

„Leon und Basti haben dich neulich mit einer anderen Frau rumknutschen sehen!", erklärte ich. Felix wurde auf einen Schlag richtig sauer und man merkte ihm an, dass wir ihn ertappt hatten. Er redete sich da nicht einmal aus der ganzen Sache raus, sondern gab es offen zu. Das war ja auch das

Mindeste. Felix meinte, dass seine neue Freundin Sara hieß und sie mit ihm schon fünf Monate zusammen war. Er hatte sich aber noch nicht getraut, es mir zu sagen. Dieser Betrüger und Lügner, dachte ich wütend. Ich hasste ihn dafür und war am Boden zerstört. Gleichzeitig war ich auch auf mich wütend, dass ich ihm nach so langer Zeit, die wir uns nicht gesehen hatten, noch blind vertraut hatte. Wie bescheuert war ich denn bitteschön? Wahrscheinlich hatte ich wieder eine rosarote Brille auf, wie am Anfang, als ich mich in ihn verliebt hatte. Warum hatte ich mir eingeredet, dass alles so war wie am Anfang? Und warum hatten wir dann noch Sex gehabt? Er hatte doch nun diese Sara! Warum sagte er dann noch so liebe und süße Sachen zu mir? Das war echt unter aller Sau! Unverzeihlich und unverschämt! Felix war ein absoluter Mistkerl und dieser große Fehler sollte Konsequenzen nach sich ziehen. Ich saß mit offenem Mund da und hatte das Bedürfnis, ihm eins in die Fresse zu hauen. Ich gab Felix eine Ohrfeige und rannte fast, nachdem ich noch schnell meine sieben Sachen gepackt hatte, in die Richtung meiner Wohnung. Ich hörte noch wie Leon und Basti Felix beschimpften und mir anschließend auf den Fahrrädern hinterher kamen. Als sie mich eingeholt hatten, liefen sie neben mir und sagten nichts. Beide brachten mich einfach nur nach Hause.

Nachdem wir alle drei in meiner Wohnung waren, schmiss ich meine Tasche in die Ecke und setzte mich wütend und weinend auf die Couch. Leon machte mir einen Tee, den ich immer trank, wenn es mir nicht gut ging und nicht mehr weiter wusste. Sei es seelisch oder körperlich. Sebastian tröstete mich und nahm neben mir Platz. Als Leon mit dem Früchtetee ins Wohnzimmer kam, trank ich ein wenig und schon ging es mir ein kleines bisschen besser.

„Felix hat sich so unglaublich verändert. Was ist mit ihm nur los? Er ist nicht mehr derjenige, der er mal war. Er ist ein echtes Arschloch. Vergiss ihn und das so schnell wie möglich. Dann geht´s dir besser", meinte Leon und legte seinen Arm um mich.

„Wohl wahr. Ich kenn´ ihn zwar noch nicht so lange, aber lang genug, um sagen zu können, dass du einen Besseren verdient hast", erklärte nun Basti und schaute zu Leon hinüber.

Ich ging in mich und dachte nach: *Die ganzen zwei Jahre waren also umsonst. Na toll! Aber ich dachte, dass jeder solch eine Erfahrung machen musste. Dennoch war es ungerecht mir gegenüber, dass er schon monatelang eine Andere hatte, während wir noch miteinander intim waren. Hätte er mir nicht einfach sagen können, dass das mit ihm und mir nicht mehr ging und dann wäre es wenigstens nicht allzu schlimm gewesen. Ich hasste ihn für sein Verhalten so sehr!!!*

Ich musste bei dem Gedanken weinen und legte meinen Kopf auf Leons Schulter. Ich ließ die Tränen einfach laufen. Mir war es überhaupt nicht peinlich vor meinen Freunden zu heulen. Manchen war es das bestimmt. Erst nach einer Weile hatte ich mich beruhigt und wusste, worauf ich in Zukunft achten musste. Am Abend meinte ich zu den beiden Jungs: „Kann nicht einer von euch heute hier pennen? Ich möchte heute Abend nicht allein sein." Beide sahen mich und dann sich gegenseitig an.

„Ich kann leider nicht, da ich mit meinen Eltern und meiner Tante essen gehe." Basti blickte hilfesuchend zu Leon hinüber.

„Kein Ding! Ich bleib hier. Denn, wie ich Felix kenne, wird er heut´ nochmal aufkreuzen und dich um Verzeihung bitten. Das ist echt keine gute Idee, dich dann allein zulassen."

„Danke Leon! Ich möchte nichts mehr mit diesem Vollidioten zu tun haben", schluchzte ich und nahm mir das Taschentuch, welches mir Basti reichte. So ging Basti zu seinen Eltern und Leon lenkte mich ab, indem er mir anbot, mit mir zusammen etwas zu kochen.

Das hatte Felix noch nie getan. Denn wenn ich richtig nachdachte, wusste ich, dass er sich auch recht gerne bedienen ließ. Doch dies gehörte der Vergangenheit an und ich musste nach vorne schauen. Denn was brachte es mir, noch weiter über ihn und seinen großen Mist nachzudenken?!

Leon band mir und sich eine Schürze um und erklärte mir, was ich tun sollte. Er verriet aber nicht, was es zum Essen geben sollte. Ich holte die Kartoffeln aus der Vorratskammer und schälte diese dann mit ihm gemeinsam. Anschließend kochten wir sie. Ich schnitt eine Gurke klein und auch ein paar Tomaten. Er wusch den Kopfsalat und briet zwei Schnitzel in der Pfanne, welche er zuvor panierte. Während wir so schnitten, schälten und kochten, erzählten wir uns gegenseitig Witze und viel Allgemeines. Na ja, Leon quatschte deutlich mehr als ich. Zwischendurch lachten wir viel und deckten den Tisch.

Nachdem die Kartoffeln endlich fertig waren, das Fleisch braun gebraten war, der Salat auf dem Esstisch und die Hitze uns bis zum Hals stand, begannen wir zu essen. Das war so lecker. Ich war Leon so dankbar, dass er mich auf andere Gedanken gebracht hatte und bis morgen bei mir blieb, sodass ich ihm einen Kuss gab. Diesmal auf den Mund. Dennoch wusste ich nicht, ob das in dieser Situation richtig oder falsch war oder ob Leon mir das übel nehmen würde. Er schien es anscheinend zu genießen. Das war schon einmal ein gutes Zeichen. Trotzdem entschuldige ich mich dafür.

„Entschuldige!", nach einer kurzen Pause fügte ich noch hinzu: „Das war richtig lecker! Ich wusste nicht, dass du so gut kochen kannst!"

„Du weißt einiges noch nicht von mir!", gab Leon zurück.

Plötzlich klopfte es an der Tür und es wurde immer heftiger und lauter. Ich sah erschrocken zu Leon, der entschlossen zur Wohnungstür lief und durch das Guckloch schaute. Als er nicht gerade begeistert zu mir rüber blickte, verstand ich sofort, dass es Felix war. Leon machte langsam die Tür auf. Doch Felix trat schneller ein als wir gucken konnten und Leon wurde daher mit einem großen Schlag an die Wand gedrückt. Ich rannte natürlich sofort zu ihm hin und machte die Tür erst einmal wieder zu. Dann vergewisserte ich mich, dass Leon auch nichts passiert war und ging ein paar Schritte auf Felix zu.

„Was fällt dir ein? Erst laut zu hämmern, so dass die Tür fast kaputt geht und dann auch noch meinen besten Freund an die Wand zu knallen. Ich habe schließlich nicht mit einem Anderen rumgemacht, während wir noch zusammen waren. Das warst du! Außerdem bist du besoffen und stinkst fürchterlich", schimpfte ich und half Leon wieder auf die Beine. Felix lachte nur und meinte, dass dies nur ein kleiner Ausrutscher war und es nicht so gewesen wäre, wie es Leon und Sebastian gesehen hatten. Doch auf seine Lügengeschichten hatte ich echt keine Lust und auch keine Kraft mehr. Denn ich wollte meine kostbare Zeit nicht mit einem Schwachkopf vergeuden. Das mit Felix und mir würde eh nicht mehr so sein wie vor einem Jahr. Es war da schon so gut wie vorbei gewesen.

„Leon ist ein Looser, den bezeichnest du also als Freund? Dann bist du wirklich sehr tief gesunken und auch sehr doof. Ich will mit dir alleine reden!", versuchte Felix möglichst klar und deutlich auszusprechen. Er lallte dabei ziemlich. Leon stand nun neben mir und ich griff vorsichtig nach seiner Hand.

„Soll dich der da etwa beschützen? Der hat doch nix auf dem Kasten. Ist der da der Grund, warum du mich nicht mehr willst? Mmmh? Ich bin ein richtiger Mann. Ich zeig dir, was ein Mann ich bin und was ich dir bieten kann", lallte Felix nun ziemlich laut. Ich schüttelte nur den Kopf. Daraufhin machte Leon die Tür auf und ich schob Felix quasi hinaus, während er schrie: „Ich komm´ morgen wieder und hol´ dich zu mir. Das versprech´ ich dir!"

„Kannste vergessen! Hau endlich ab. Schlaf deinen Rausch aus und lass dich hier nicht mehr blicken", ermahnte Leon ihn und knallte hinter ihm die Tür ins Schloss.

Nach einer kurzen Weile nahm mich Leon in die Arme und gab mir einen Kuss auf die Stirn. Danach küsste ich ihn vorsichtig auf die Lippen. Ich genoss den Moment. Doch Leon wich einen Schritt zurück und sah mich erschrocken an.

„Willst du das wirklich? Nachdem du erst von Felix so maßlos enttäuscht wurdest. Ich denke, du solltest vorsichtiger damit umgehen, wem du deine Liebe gibst. Ich hab´ nämlich etwas dagegen, wenn du nochmal enttäuscht wirst. Das hast du nicht verdient", sagte er zögerlich und gab mir einen kurzen Kuss auf die Wange.

Leon hatte ja Recht. Ich war zu naiv und leichtgläubig, was das anbelangte. Was war nur los mit mir? Wieso küsste ich Leon und war glücklich dabei? Und warum sagte er erst jetzt etwas dagegen und nicht schon vorhin beim Essen? Um herauszufinden, was er für mich empfand, ging ich den Schritt nochmals vor und flüsterte in sein Ohr: „Was empfindest du für mich?"

Leon streichelte zaghaft über meine Wange und berührte mit seinen Fingern meine Lippen. Er zögerte einen Moment, musterte mich und gab mir einen leidenschaftlichen langen Kuss. Egal, ob das richtig oder falsch war, der Kuss war der absolute Wahnsinn. Langsam, aber nur langsam lösten wir uns voneinander und hielten uns an den Händen. Auch wenn sich das kitschig anhören muss, aber es war unbeschreiblich schön und ich war dabei so glücklich. Leon schien es auch zu gefallen.

„Von wegen dir macht es was aus", lachte ich und umarmte ihn glücklich.

„Ich will einfach nicht, dass du nochmal verletzt wirst. Denn schließlich bist du ... die ...", stammelte Leon und zog mich ins Wohnzimmer. Dort ließen wir uns auf die Couch fallen.

Ich wartete auf seine (ich nenne es mal so) Erklärung und er rutschte vorsichtig näher an mich heran. Er roch nach dem Aftershave, dass er schon immer benutzte. Dieser Geruch zog mich in seinen Bann. Ich wusste nicht genau, wie stark ich ihn liebte und falls es so war, ob ich diese Liebe nur unterdrückte. Wenn ich ihn wirklich liebte, dann ... Oh du meine Güte! Ich und mein allerbester Freund? Auf jeden Fall wusste ich, dass er mich keinesfalls betrügen würde, wenn es soweit kommen sollte. Leon war anders. Ganz anders. Charmant, nett, zuverlässig, freundlich, hilfsbereit, witzig, cool, süß, sah sehr gut aus und war irgendwie auch richtig sexy, wenn ich ihn mir näher und länger betrachtete. Er konnte Menschen gut für sich gewinnen und er hörte den anderen zu.

„Lena, ich hab dich schon geliebt, da warst du mit Felix noch gar nicht zusammen. Doch ich dachte, wenn du glücklich bist, bin ich es auch", gab Leon zu. Okay, das hatte ich nicht erwartet. Es haute mich richtig um. Leon war schon länger in mich verliebt und hat nichts gesagt. Seine Worte rührten mich und ich hatte schon Tränen in den Augen. Ich lehnte mich zurück und holte erst mal richtig tief Luft. Einatmen, ausatmen. Leon sah mich schräg an und fragte mich, ob alles in Ordnung wäre.

„Schon, es ist nur so, dass mir gerade mein bester Freund gesagt hat, dass er mich liebt. Ich denke auch, dass ich Felix schon seitdem er abgehauen ist, nicht mehr liebe. Wahrscheinlich habe ich es mir nur immer wieder eingeredet. Ich weiß es nicht. Denn wenn ich darüber nachdenke, muss ich zugeben, dass ich mich auch stark zu dir hingezogen fühle.

Ob das Liebe ist, kann ich dir leider nicht sagen, denn es ist alles so verwirrend im Moment. Die Situation mit Eric und dann noch Felix."

Nun war Leon total irritiert und das konnte man ihm auch nicht verübeln. „Echt jetzt?"

„Ich hab es erst so richtig wahrgenommen, als ich über alles nachgedacht habe. Im Gegensatz zu Felix und Eric stehst du immer voll hinter mir und bist bei mir, wenn ich Hilfe brauche. Das ist echt ein Zeichen dafür, dass ich dir wichtig bin."

Verwundert und auch neugierig blickte Leon in mein Gesicht. Während ich das so sagte, stand ich auf und lief vor ihm hin und her, um mich ein wenig zu beruhigen.

Lena, ist doch nicht schlimm, dass du ihm das gebeichtet hast. Er nimmt dir das nicht übel. Du kennst ihn doch.

Leon stellte sich nun neben mich und nahm mich in seine Arme. Anschließend sah er mich besorgt an und meinte zu mir: „Du weißt doch, dass du immer mit mir reden kannst. Egal, worum es geht. Okay?!"

Ich nickte und er küsste mich kurz auf die Wange.

7. Kapitel

Es vergingen einige Wochen, an denen wir unsere Liebe vor unseren Freunden noch verheimlichten und trotzdem so viel Zeit wie nur möglich miteinander verbrachten. Keiner, nicht einmal Lara oder Basti, bemerkte, wie sehr wir uns immer anlächelten, herzlich umarmten, wenn wir uns trafen und uns verabschiedeten, und uns auch ab und zu einen Kuss auf die Wange gaben. Vielleicht ahnten sie ja schon etwas. Ich wollte ihnen noch nichts erzählen, da ich erst einmal abwarten wollte, wie sich die Liebe zwischen Leon und mir entwickeln würde. Sicher war sicher. Das fand Leon auch gut und besser so.

Als Leon mal wieder bei mir war, wollten wir ein Filmabend machen. Wir aßen zu Abend und unterhielten uns. Es gab immer etwas zu erzählen. Nach dem Essen stellte Leon alles in die Spülmaschine und ich bereitete Knapperzeug und Drinks vor.

Danach ging ich ins Schlafzimmer und zog mein Schlafshirt an, das mir bis über den Po reichte. Als ich nach circa zwei Minuten wiederkam, hatte Leon sich das T-Shirt ausgezogen, sich bereits an dem DVD-Schrank bedient und eine davon ausgesucht. So sah es zumindest aus. Er hielt mir die DVD hin, der Titel lautete „Into the Woods". Ein echt schräger Titel, wenn man mich fragt. Er legte diese in den Player und drückte auf Start. Kaum saß ich auf dem Sofa, da griff er mich an meiner Taille und schmiss mich nach hinten, sodass er auf mich fiel. Es tat keinesfalls weh oder ähnliches, aber dass er gleich so an mich ran ging, hätte ich nicht gedacht. Vor einigen Wochen hatte er mir seine langjährige Liebe zu mir gebeichtet und nun dieser Überfall ... der wilde, scharfe Leon! Mal eine andere Seite meines Freundes. Es war einerseits wunderschön, aber andererseits auch neu und befremdlich. Den Film mochte ich sehr und das wusste er. Denn er merkte sich so etwas genau. Auch wenn es nur Kleinigkeiten waren. Doch im Moment war uns der Film so was von egal. Wir lachten, ich kicherte ab und zu wie eine frisch Verliebte eben und der Spaß kam auch nicht zu kurz. Es war insgesamt ein echt toller, verdammt glücklicher Abend. Ich hatte nun für mich den perfekten Freund gefunden, der erst auf sich aufmerksam machen musste. Es dauerte lange bis wir ins Bett gingen und schlafen konnten. Wir waren beide so glücklich, aufgeregt und aufgedreht und wollten jede Minute gemeinsam und miteinander genießen. Doch irgendwann als wir endlich im Bett lagen und ich in Leons Arm schlummerte, konnte auch er einschlafen.

Am nächsten Morgen klingelte es an der Wohnungstür. Dadurch wurden wir beide wach und zwar hellwach. Wir sahen uns nebeneinander liegen und lächelten uns an. Erst wollte ich nicht aufstehen und nachsehen, wer an der Tür war. Doch Leon setzte sich an die Bettkante.
„Komm, es könnte wichtig sein." Er küsste mich. Erst sanft auf den Mund und dann in den Ausschnitt. Ich zog mir den Bademantel über und lief gemeinsam mit Leon zur Tür, falls es doch Felix sein sollte. Erneut klingelte es. Zu unserer Überraschung stand die Polizei vor der Tür, die mich musterte. Es waren zwei, eine große, kräftige Frau und ein nett aussehender Mann durchschnittlichen Alters. Auch wenn ich noch nicht wusste, was sie wollten, ließ ich die beiden in die Wohnung. Sie hatten dieses Gesicht, das ich schon einmal gesehen hatte. Es musste etwas furchtbar Schlimmes passiert sein. Denn dieses Gesicht zogen die Polizisten nur, wenn jemand gestorben war. Oh scheiße, wer war gestorben? Leon blickte voller Sorge zu mir hinüber und die Polizistin fing an zu reden.
„Sie sind doch die Pflegetochter von Nadja und Bert Wagner, richtig?"
Ich nickte stumm und wurde immer blasser.

„Dann haben wir leider eine schlechte Nachricht für Sie. Ihre Pflegeeltern sind bei einem Autounfall um´s Leben gekommen", meinte der Mann.

„Es tut uns sehr leid!", fügte die Frau nun hinzu. Ich musste mich erst einmal setzen und Leon brachte mir sofort ein Glas Wasser. Er nahm neben mir Platz und legte seinen Arm um mich.

„Wer sind Sie eigentlich, Herr ..."

„Leon Scherrer. Ihr Freund."

Er strich mir über die Wange und fragte, wie es denn passiert war. Nun schluchzte ich und er nahm mich in seine Arme. Die Polizistin reichte mir ein Taschentuch.

„Wir haben immer zusammen gehalten. Vor allem jetzt da Nadja Krebs hatte. Wir hatten uns über die Jahre so lieb gewonnen. Wie eine richtige Familie eben."

Mir liefen die Tränen in Bächen runter und Leon wusste nicht, wie er mich nur trösten konnte. Das konnte in dieser Situation keiner, glaube ich. Leon war bisher der einzige, der über Nadjas Erkrankung informiert war.

„Wann und wo passierte es denn genau?"

„Gestern Abend. Ein Sportwagen krachte Ihren Eltern von vorne mit hoher Geschwindigkeit drauf und begann Fahrerflucht. Man konnte bei beiden nur noch den Tod feststellen", sagte der Polizist und ich war ein bisschen entsetzt, dass das die beiden Polizisten so kalt ließ. Doch anscheinend kannten sie solche Situationen. Langsam stand ich auf und lief in die Küche. Dort nahm ich ein Bild in die Hand. Auf dem Foto waren Nadja, Bert und ich abgebildet. Das hatten wir im Sommerurlaub in Tirol geschossen. Wenn ich jetzt daran dachte, zitterten meine Hände und mir lief ein eiskalter Schauer den Rücken hinunter. Leon stand nun vor mir und hielt meine Hände in seinen. Auf einmal blickte ich auf und zu den Polizisten hin. Und das mit einem verängstigten und traurigen Gesichtsausdruck. Beide Gerechtigkeitsmenschen (so nenne ich sie gerne) verabschiedeten sich kurzer Hand von uns und gingen anschließend hinaus. Ich konnte es nicht glauben und nicht fassen, dass ich nun wirklich keine Eltern mehr hatte. Egal was mir auch in den Sinn kam, das war definitiv ungerecht. Ich sah zu Leon hinüber, der die Tür zumachte und sich wieder zu mir aufs Sofa setzte.

Dank ihm hatte ich gemerkt, dass Felix ein Drecksack war und er dagegen ein echter Goldschatz. Zum Glück hatte ich meine Freunde und meinen Schatz Leon. Alle hielten zu mir und würden mich in der schwierigen Zeit, die ich schon einmal erlebt hatte, unterstützen. Leon umarmte mich behutsam und küsste mich.

„Du bist die tapferste Frau, die mir je begegnet ist. Lena, egal was auch passieren mag, unsere Freunde und ich sind alle für dich da. Vergiss das nicht!"

Da war dieser Schmerz und gleichzeitig kribbelte es in mir nur so voller Schmetterlinge, dass ich trotz allem lächelte und ihn küsste. Er lächelte zurück und nahm mich an die Hand. Zusammen gingen wir wieder ins Schlafzimmer. Dort legten wir uns wieder ins Bett und starrten die Decke an. Wir sahen uns ab und zu an und mussten dann beide immer wieder leicht lächeln.

Schon nach einigen Wochen tat es mir nicht mehr so weh, über meine Pflegeeltern zu sprechen. Ich musste auch gar nicht mehr weinen, wenn ich an sie dachte. Ich vergaß sie nicht, sondern sie hatten für immer einen Platz in meinen Herzen. Denn sie hatten mich wie echte Eltern großgezogen und mir ein unbeschwertes Leben ermöglicht.

Nachdem die Beerdigung der beiden vorbei war, erhielt ich einen Brief von einem Notar. Darin stand, dass ich zur Eröffnung des Testaments bitte zu erscheinen habe. An dem besagten Datum ging Leon mit mir zum Notariat. Er meinte, dass es besser wäre, wenn er draußen warten würde und er währenddessen etwas erledigte. Gesagt, getan. Im Haus drinnen lief ich zum Sekretariat. Dort wurde ich bereits erwartet. Der Notar Herr Diener kam auf mich zu und gab mir die Hand. Er bat mich, mit in sein Büro zu kommen. Nachdem wir uns gesetzt hatten, öffnete er eine Mappe.
„Frau Lena Wagner, nochmals mein aufrichtiges Beileid!"
„Dankeschön."
Er las das Testament von Nadja und Bert vor:

Ich, Nadja Wagner (gebürtige Fischer), geboren am 04.06.1959 in Flensburg, und ich, Bert Wagner, geboren am 19.11.1958 in Hamburg, möchten, dass unser ganzes Vermögen, unser Haus und Grundstück, unser Auto mit dem Kennzeichen GER-NB-5859 und unser Motorrad mit dem Kennzeichen GER-BW-58 an unsere Pflegetochter Lena Wagner, geboren am 25.05.1993 in Kandel, übergeht. Sie ist unser ganzer Stolz. Auch wenn du, Lena, jetzt trau-

rig bist, dass wir nicht mehr neben dir sitzen können, sind
wir immer noch bei dir. Du rockst das auch ohne uns. Sei
glücklich, lebe dein Leben und das so, wie du es für richtig
hältst. Mal fällst du und dennoch steh´ wieder auf. Du bist
keinesfalls allein. Deine Lebensweise ist die Richtige.
Wir lieben dich über alles!
Deine Eltern
Bert und Nadja

Ich musste schluchzen und schnäuzte in das Taschentuch, welches ich schon die ganze Zeit in der Hand hielt. Der Notar klappte die Mappe wieder zu und wandte sich nun zu mir.

„Nehmen Sie das Erbe an oder möchten Sie es ausschlagen?", fragte Herr Diener.

„Ich nehme das Erbe an, aber ich möchte vorher gerne noch wissen, um was es sich alles handelt. Das Vermögen und der Rest. Bevor ich das alles nicht alleine bewältigen kann", meinte ich und der Notar nickte mit vollem Verständnis. Er erklärte mir alles und antwortete verständnisvoll auf alle meine Fragen, sodass auch ich als Leihe es verstand. Nach einer Stunde ging ich mit ein paar Unterlagen aus dem Notariat und sah Leon wartend im Schatten stehen. Als er mich erblickte, kam er auf mich zu. Ich umarmte ihn und wir küssten uns. Während wir auf einer Bank Platz nahmen, erzählte ich Leon, was im Testament stand. Er hörte interessiert und gespannt zu, hielt meine Hand, nickte ab und zu und fragte auch ein paar Dinge nach. Es war nicht einfach zu verstehen, dass ich das auch ohne eine Träne zu vergießen Leon erzählen konnte. Meine Freunde meinten immer, dass ich eine harte Schale hatte und dennoch einen weichen Kern. Wahrscheinlich hatten sie Recht. Meiner Ansicht nach traute ich mir das Erbe zu. Es gab zwar jede Menge zu tun, aber das war es mir wert. Ich war nicht immer die beste Tochter gewesen und hatte auch nicht immer auf meine Pflegeeltern gehört, wie es vielleicht richtig gewesen wäre. Dennoch konnten wir uns gegenseitig immer vertrauen und unterstützen.

Nach weiteren drei Wochen zogen Leon und ich zusammen in eine großzügige Wohnung, auch in Karlsruhe mit einem schönen Balkon. Es war zwar ein Altbau, aber Leon und ich hatten uns in diese wundervolle Wohnung verliebt. Eine 3-Zimmer-Wohnung mit ziemlich großen Räumen. Eine Einbauküche war auch schon drinnen. Da hatten wir schon einmal Geld gespart. Als wir mit dem Umzug begannen, halfen uns Basti, Lukas, Eric (auch wenn er es nur mir zu Liebe tat) und Lara (sie unterstützte uns nur mit dem Organisatorischen, versteht sich), und es ging das ganze Tragen und Schleppen wieder los. Dieses Mal hatten wir richtig viel Spaß und Basti konnte wieder mit anpacken. Beim letzten Mal konnte er es ja leider nicht machen, aber das wollte er wahrscheinlich auch nicht wirklich. Laras Bauch hatte sich zu einer dicken Kugel verformt und sie freute sich mit Lukas auf die Geburt des Kindes. Wir (Leon und ich), als Onkel und Patentante, freuten uns mit. Lara meinte, dass ich unbedingt die Patentante werden sollte. Dagegen hatte ich nichts einzuwenden, sondern war sehr glücklich darüber, dass sie mir die Aufgabe gab, die Patentante von Lukas und ihrem Kind zu werden.

Felix ließ sich zum Glück nicht mehr bei uns blicken. Gott sei Dank war ich das Arschloch los und konnte mir langsam aber sicher ein Leben mit Leon aufbauen, dachte ich ab und zu und war froh darüber, dass sich alles so entwickelt hatte.

Leon war einfach genau der Traummann, den ich gesucht und nun gefunden hatte. Seine Liebe gab mir immer Kraft, seine Küsse waren wahrhaft genial und seine ruhige Art und Weise war es, die mich wieder auf den Boden zurückholte, wenn ich mich mal über irgendetwas aufregte. Leon war es, der für mich (auch als er noch mein bester Freund war) immer schon mein Schutzengel war, mir unter die Arme griff und mir das Gefühl gab, dass ich nicht allein war, nicht alles allein bewältigen musste und er mir seine Hand reichte, wenn ich hinfiel.

Plötzlich holte mich eine sanfte Stimme wieder in die Wirklichkeit.

„Alles in Ordnung bei dir, Lena?", fragte Leon, der mich lieb und glücklich ansah.

„Klar, ich war nur kurz in Gedanken." Ich lächelte ihn an und lief mit Lukas, Basti, Eric und Leon zusammen zum Umzugswagen. Wir trugen Leons Couch ins Wohnzimmer und stellten sie mitten hinein. Anschließend überlegten wir, was wo hinkommen könnte und ob das dann auch so passte mit den anderen Möbeln. Meine Vorschläge erklärte ich dann Leon und er war begeistert. Denn er mochte solche Diskussionen und Überlegungen überhaupt nicht und überließ das lieber mir. In dieser Sache waren wir verschieden. Jedoch nicht schlimm. Wäre ja furchtbar, wenn jeder gleich wäre.

Lara stand in der Küche und sah uns hilflos zu. Sie kam sich anscheinend überflüssig vor. Verständlich. Aber sie durfte ja nicht schwer heben. Lukas stellte einen Stuhl neben sie und bat sie sich zu setzen. Lara lächelte ihn dankbar an und er gab ihr einen Kuss auf die Stirn. Während wir alles ausluden, gab Lara, auf meinen Auftrag hin, allen anderen die Anweisungen, wo die Sachen hingestellt werden sollten. Das klappte super. Ich hatte ihr nämlich einen Plan gegeben, wo ich was gerne hätte. Etwas chaotisch aber dennoch lustig und auch mit Diskussionen verbunden. Doch alle waren einverstanden gewesen.

Nachdem wir alles aus dem Umzugswagen rausgeholt hatten, alles da stand, wo es hin gehörte, und wir alle platt waren, brachte uns Lara zum Dank für das Verständnis und die Geduld jedem eine gekühlte kleine Flasche Cola. Wir ließen uns alle auf das Sofa fallen und tranken erst einmal einen kräftigen Schluck.

Eric stand danach auf und meinte, dass er gehen müsste, da er sich noch mit Amanda treffen würde. Er verabschiedete sich und ging.

„Danke Leute, dass ihr uns geholfen habt. Ihr seid die besten Freunde, die man sich nur wünschen kann!", sagte ich und stieß mit allen auf die Freundschaft an. Alle grinsten und freuten sich als Leon und ich uns lange und liebevoll küssten. Basti murmelte etwas vor sich hin und ich fragte nach.

„Ich sagte nur, dass es auch Zeit wurde, dass ihr endlich zusammen kommt. Leon hat immer nur von dir geredet und sich nicht getraut dir auch nur ein Sterbenswörtchen zu sagen. Endlich hat das ein Ende! Das wollte ich schon lange loswerden." Alle lachten.

Meine Freunde gaben mir, wie Leon, Halt und zeigten mir, dass ich wichtig war und gebraucht wurde. Das freute mich sehr und tat mir gut.
So wie damals und auch heute.

Über die Autorin

Carolin Haaks liebt Geschichten und Romane seit ihrer Kindheit. Irgendwann begann sie auch selbst zu schreiben. In ihren Geschichten werden ihre Kreativität und Fantasie lebendig. Mit dem Roman „Ein Sommer voller Küsse" kommt jetzt ihre erste literarische Veröffentlichung.

Die Geschichten von Carolin Haaks sprechen aus dem Herzen und erzählen aus dem Alltag. Ihre Erfahrungen als Epileptikerin und Schwerbehinderte fließen auf vielfältige Art in ihre Erzählungen hinein. So berühren sie durch ihre unglaubliche Authentizität auf ganz besondere Weise.